O HOMEM É UM GRANDE
FAISÃO NO MUNDO

A marca FSC® é a garantia de que a madeira utilizada na fabricação do papel deste livro provém de florestas que foram gerenciadas de maneira ambientalmente correta, socialmente justa e economicamente viável, além de outras fontes de origem controlada.

HERTA MÜLLER

O homem é um grande faisão no mundo

Um conto

Tradução
Tercio Redondo

Copyright © 2009 by Carl Hanser Verlag München
Todos os direitos reservados

Grafia atualizada segundo o Acordo Ortográfico da Língua
Portuguesa de 1990, que entrou em vigor no Brasil em 2009.

Título original
Der Mensch ist ein großer Fasan auf der Welt

Capa
Elisa v. Randow

Foto da capa
© Josef Koudelka/ Magnum/ Latinstock

Preparação
Jacob Lebensztayn

Revisão
Valquíria Della Pozza
Jane Pessoa

Dados Internacionais de Catalogação na Publicação (CIP)
(Câmara Brasileira do Livro, SP, Brasil)

Müller, Herta
    O homem é um grande faisão no mundo : um conto / Herta
Müller ; tradução Tercio Redondo. — 1ª ed. — São Paulo :
Companhia das Letras, 2013.

    Título original: Der Mensch ist ein großer Fasan auf der Welt.
    ISBN 978-85-359-2216-5

    1. Ficção alemã I. Título.

12-14830   CDD-833

    Índice para catálogo sistemático:
    1. Ficção : Literatura alemã 833

[2013]
Todos os direitos desta edição reservados à
EDITORA SCHWARCZ S.A.
Rua Bandeira Paulista, 702, cj. 32
04532-002 — São Paulo — SP
Telefone: (11) 3707-3500
Fax: (11) 3707-3501
www.companhiadasletras.com.br
www.blogdacompanhia.com.br

*Die Lidspalte zwischen Ost und West
zeigt das Augenweiß.
Die Pupille ist nicht zu sehen.*

[O espaço entre Leste e Oeste mostra
o branco do olho.
A pupila não pode ser vista.]

— *Ingeborg Bachmann*

A valeta

Há rosas em torno do monumento ao soldado. Elas formam uma moita cerrada. Cresceram tanto que sufocam a relva. São brancas, enroladinhas feito papel. Ciciam. Amanhece. Logo será dia.

Toda manhã, ao percorrer completamente só a rua que conduz ao moinho, Windisch conta o dia. Diante do monumento ao soldado conta os anos. Junto ao primeiro choupo, no ponto onde a bicicleta passa pela mesma valeta de sempre, conta os dias. E ao entardecer, quando fecha o moinho, Windisch conta os anos e os dias mais uma vez.

De longe, avista as pequenas rosas brancas, o monumento ao soldado e o choupo. E, havendo neblina, o branco das rosas e o branco da pedra passam-lhe rentes no caminho. Windisch atravessa-os. Windisch tem o rosto molhado e prossegue até completar o percurso. Por duas vezes restaram apenas os espinhos na moita de rosas e a erva rastejante apresentou um aspecto ferrugento. Por duas vezes o choupo esteve tão desfolhado, que o tronco e os galhos quase se partiram. Por duas vezes houve neve no caminho.

Diante do monumento ao soldado Windisch conta dois anos e, na valeta diante do choupo, duzentos e vinte e um dias.

Todo dia, ao ser sacudido pela valeta, Windisch pensa: "O fim chegou". Desde que resolveu emigrar, Windisch enxerga o fim em todo e qualquer ponto do vilarejo e, da mesma forma, o tempo parado daqueles que desejam ficar. E que o guarda-noturno fique é algo que Windisch continua a vislumbrar para além do fim.

E depois de haver contado duzentos e vinte e um dias e de a valeta tê-lo sacudido, desce finalmente da bicicleta. Encosta-a no choupo. Seus passos são ruidosos. No jardim da igreja pombos selvagens levantam voo. São cinzentos como a luz. Apenas o barulho os distingue.

Windisch benze-se. A maçaneta da porta está molhada. Gruda nas mãos de Windisch. A porta da igreja está trancada. Santo Antônio encontra-se atrás da parede. Porta um lírio e um livro marrom. Está cercado por uma grade.

Windisch sente frio. Contempla a rua abaixo. Onde ela termina a relva vai ao encontro do vilarejo. Ali, no fim da rua, passa um homem. O homem é um fio negro que caminha em direção aos arbustos. O relvado que ali viceja sustenta-o por cima da terra.

O sapo

O moinho está mudo. Mudas estão as paredes e mudo está o telhado. E as rodas estão mudas. Windisch apertou o botão do interruptor e apagou a luz. Entre as rodas irrompe a noite. O ar escuro engoliu o pó de farinha, os mosquitos, os sacos.

O guarda-noturno está sentado no banco do moinho. Dorme. Tem a boca aberta. Sob o banco reluzem os olhos de seu cachorro.

Windisch carrega o saco com as mãos apoiando-o nos joelhos. Encosta-o no muro do moinho. O cão olha e boceja. Os dentes brancos são uma dentadura.

A chave gira na fechadura da porta do moinho. A fechadura estala nos dedos de Windisch. Windisch conta. Windisch ouve o pulsar das têmporas e pensa: "Minha cabeça é um relógio". Mete as chaves no bolso. O cachorro late. "Vou girá-la até que a mola rebente", diz Windisch em voz alta.

O guarda-noturno desce o chapéu à testa. Abre os olhos e boceja. "Soldado em vigília", diz.

Windisch vai até o açude do moinho. Na margem há um

monte de palha. É uma mancha escura no espelho d'água. A mancha afunda feito uma cratera. Windisch tira a bicicleta do meio do palheiro.

"Há um rato no palheiro", diz o guarda-noturno. Windisch tira a palha do selim. Joga os fios de palha na água. "Eu o vi", diz ele, "atirou-se na água." Os fios de palha flutuam como fios de cabelo. Fazem pequenos remoinhos. A escura cratera flutua. Windisch observa sua imagem a trafegar.

O guarda-noturno dá um pontapé na barriga do cachorro. O cachorro solta um ganido. Windisch olha a cratera e ouve o ganido sob a água. "As noites são longas", diz o guarda-noturno. Windisch retrocede um passo. Afasta-se da margem. Observa a imagem estática do monte de palha apartado da margem. O monte está tranquilo. Não tem nada a ver com a cratera. Ele é claro. Mais claro que a noite.

O jornal faz barulho. O guarda-noturno diz: "Minha barriga está vazia". Apanha pão e toucinho. A faca brilha em sua mão. Mastiga. Coça o punho com a lâmina da faca.

Windisch empurra a bicicleta que está a seu lado. Observa a lua. Mastigando, o guarda diz em voz baixa: "O homem é um grande faisão no mundo". Windisch ergue o saco e o põe sobre a bicicleta. "O homem é forte", diz, "mais forte que um boi."

Uma ponta do jornal esvoaça. O vento empurra feito uma mão. O guarda-noturno põe a faca no banco. "Dormi um pouco", diz. Windisch curva-se sobre a bicicleta. Levanta a cabeça. "E eu acordei você", diz. "Não foi você", responde o guarda-noturno, "foi minha mulher que me acordou." Limpa as migalhas de pão do casaco. "Eu sabia", diz, "que não poderia dormir. É lua cheia. Sonhei com o sapo seco. Eu estava exausto. E não podia ir dormir. O sapo estava deitado na cama. Conversei com minha mulher. O sapo olhou com os olhos de minha mulher. Tinha a trança de minha mulher. Vestia sua camisola, que estava suspensa até o ventre. Eu disse: 'Cubra-se, suas coxas são flácidas'. Disse isso a minha mulher. O sapo desceu a camisola cobrindo as coxas. Sentei-me na cadeira ao lado da cama. O sapo sorriu com a boca de minha mulher. 'A cadeira rangeu', eu disse. A cadeira não havia rangido. O sapo pôs a trança de minha mulher no ombro. Era tão comprida quanto a camisola. Eu disse: 'Seu cabelo cresceu'. O sapo ergueu a cabeça e gritou: 'Você está bêbado, vai cair da cadeira'."

A lua tem a mancha vermelha de uma nuvem. Windisch encosta-se na parede do moinho. "O homem é tolo", diz o guarda-noturno, "e está sempre pronto a perdoar." O cachorro come o couro do toucinho. "Perdoei-lhe tudo", diz o guarda-noturno. "Perdoei-lhe o padeiro. O que ela fez na cidade, perdoei." Roça a lâmina da faca com a ponta dos dedos: "O vilarejo todo riu de mim". Windisch suspira. "Eu não podia mais olhá-la de frente", diz o guarda-noturno. "Só não lhe perdoei uma coisa: que ela tenha morrido tão depressa, como se não tivesse ninguém."

"Deus sabe", diz Windisch, "pra que elas servem, as mulheres." O guarda-noturno dá de ombros. "Não foram feitas pra nós", diz. "Não pra mim, nem pra você. Não sei pra quem teriam sido." O guarda-noturno acaricia o cachorro. "E as filhas", diz Windisch, "Deus sabe, também elas serão mulheres."

Uma sombra encobre a bicicleta e uma sombra encobre a relva. "Minha filha", diz Windisch — sopesa a frase na cabeça —, "minha Amalie não é mais virgem." O guarda-noturno contempla a mancha vermelha da nuvem. "As panturrilhas de minha filha são dois melões", diz Windisch. "Como você diz, não posso olhá-la de frente. Ela tem uma sombra nos olhos." O cachorro vira a cabeça. "Os olhos mentem", diz o guarda-noturno, "as panturrilhas não mentem." Separa os pés. "Observe o jeito como sua filha anda", diz. "Se, ao andar, ela virar a ponta dos pés para o lado, então aconteceu."

O guarda-noturno gira o chapéu nas mãos. O cão está deitado e observa. Windisch está calado. "Está serenando. A farinha vai umedecer", diz o guarda-noturno, "o prefeito vai se zangar."

Um pássaro voa sobre o açude; lentamente e em linha reta, como a seguir um fio esticado. Rente à água. Como se ela fosse terra. Windisch acompanha-o com os olhos. "Feito um gato", diz. "Feito uma coruja", diz o guarda-noturno. Põe a mão na boca. "Na casa da velha Kroner as velas ardem há três dias." Windisch empurra a bicicleta. "Ela não pode morrer", diz, "a coruja não pousou em nenhum telhado."

Windisch atravessa o relvado e contempla a lua. "Ouça o que digo, Windisch", exclama o guarda-noturno, "as mulheres traem."

A agulha

As velas ainda ardem na casa do carpinteiro. Windisch estaca. A vidraça da janela rebrilha. Reflete a rua. Reflete as árvores. A imagem perpassa a cortina. Entra no quarto passando pelos ramalhetes que caem de seus encaixes. Um tampo de caixão está apoiado na parede ao lado da estufa azulejada. Aguarda a morte da velha Kroner. O nome dela está escrito no tampo. Apesar dos móveis, o quarto parece vazio porque está muito claro.

O carpinteiro está sentado na cadeira, de costas para a mesa. Sua mulher está diante dele. Ela veste uma camisola listrada. Segura uma agulha na mão. Da agulha pende um fio cinza. O carpinteiro estica o dedo indicador para a mulher. Com a ponta da agulha a mulher tira-lhe uma lasca de madeira encravada na pele. O dedo sangra. O carpinteiro contrai o dedo. A mulher deixa a agulha cair. Cerra os olhos e ri. O carpinteiro agarra-a metendo-lhe a mão por sob a camisola. A camisola sobe. As listras revolvem-se. Com o dedo sangrando o carpinteiro agarra os seios da mulher. Os seios são grandes. Tremem. O fio cinza dependura-se na perna da cadeira. A agulha balança com a ponta voltada para baixo.

A cama está ao lado do tampo do caixão. O travesseiro é de damasco. Está pontilhado de manchas, grandes e pequenas. A cama está estendida. O lençol é branco e a colcha é branca.

A coruja passa voando pela janela. Tão comprida quanto uma asa, ela voa na janela. Estremece durante o voo. A luz incide enviesada e a coruja se duplica.

Encurvada, a mulher anda pra lá e pra cá diante da mesa. O carpinteiro mete-lhe as mãos entre as pernas. A mulher observa a agulha que pende. Toma-a. O fio balança. A mulher deixa as mãos caírem. Fecha os olhos. Abre a boca. O carpinteiro puxa-a pelos pulsos levando-a para a cama. Joga as calças na cadeira. A cueca parece um pedaço de flanela branca nas pernas das calças. A mulher abre as pernas e dobra os joelhos. A barriga é uma massa de farinha. As pernas apoiam-se no lençol feito a guarnição de uma janela.

Sobre a cama há um retrato encerrado numa moldura preta. A mãe do carpinteiro encosta o lenço de cabeça na borda do chapéu do marido. O vidro tem uma mancha. A mancha repousa sobre o queixo. Na imagem ela sorri. Sorri pouco antes de morrer. Quase um ano antes. Sorri olhando para um cômodo vizinho.

Na fonte a roda gira porque a lua é grande e bebe água. Porque o vento se enreda nos raios da roda. O saco está úmido. O saco jaz sobre a roda traseira como alguém que dorme. "O saco repousa atrás de mim feito um morto", pensa Windisch.

Windisch sente em sua coxa o membro teso, resoluto.

"A mãe do carpinteiro está fria", pensa Windisch.

A dália branca

Em meio ao calor de agosto a mãe do carpinteiro pôs um grande melão num balde e desceu-o ao fundo do poço. A água se agitou em torno do balde. Rumorejou no contato com a casca verde. Resfriou o melão.

A mãe do carpinteiro foi até a horta com o facão. Uma canaleta servia de passagem à horta. A alface estava crescida. Sua folhagem cobria-se do leite branco que brota das hastes. A mãe do carpinteiro trazia o facão ao caminhar pela canaleta. Ali, onde começa a cerca e termina a horta, florescera uma dália branca. A dália crescera até a altura de seu ombro. A mãe do carpinteiro cheirou a dália. Cheirou longamente as pétalas brancas. Aspirou a dália. Esfregou a testa e olhou para o pátio.

A mãe do carpinteiro cortou a dália branca com o facão.

"O melão fora apenas um pretexto", disse o carpinteiro após o enterro. "A dália foi seu destino." E a vizinha do carpinteiro disse: "A dália foi uma visão".

"Este verão foi tão seco", disse a mulher do carpinteiro, "que a dália se encheu de contorcidas pétalas brancas. Ficou tão grande como jamais uma dália pôde ficar. E porque não ventou neste verão ela deixou de cair. A dália havia muito expirara, mas não pudera murchar."

"Não aguentamos isso", disse o carpinteiro, "ninguém aguenta isso."

Ninguém sabe o que a mãe do carpinteiro fez com a dália cortada. Não trouxe a dália para casa. Não a pôs na sala. A dália não foi encontrada na horta.

"Ela voltou da horta. Trazia o facão na mão", disse o carpinteiro. "Havia algo da dália em seus olhos. O branco dos olhos estava seco."

"Pode ser", disse o carpinteiro, "que ela tenha esperado pelo melão e colhido a dália. Colheu-a na mão. Não havia nenhuma pétala solta no chão. Era como se a horta fosse uma sala."

"Acho", disse o carpinteiro, "que ela fez uma cova com o facão. Enterrou a dália."

No fim da tarde a mãe do carpinteiro tirou o balde do poço. Pôs o melão na mesa da cozinha. Furou a casca com a ponta da faca. Girou o braço com o facão fazendo um círculo e partiu o melão ao meio. O melão rebentou. Houve um estertor. No poço e na mesa da cozinha, e até que as duas metades se separassem, o melão ainda vivera.

A mãe do carpinteiro tinha os olhos abertos. Mas, por estarem tão secos quanto a dália, não se abriram muito. O sumo escorria da lâmina da faca. Os olhos, pequenos e hostis, contemplavam a polpa vermelha. As sementes pretas se amontoavam como os dentes de um pente.

A mãe do carpinteiro não cortou o melão em fatias. Dispôs as duas metades do melão à sua frente. Com a ponta da faca extraía-lhe a polpa vermelha. "Tinha então os olhos mais cúpidos que jamais vi", disse o carpinteiro.

O sumo vermelho pingava sobre a mesa da cozinha. Pingava do canto da boca. Pingava do cotovelo. O sumo vermelho do melão colou ao chão.

"Os dentes de minha mãe nunca foram tão brancos e tão frios", disse o carpinteiro. "Ela comia e dizia: 'Não me olhe assim, não olhe minha boca'." Cuspia as sementes pretas na mesa.

"Desviei o olhar. Não saí da cozinha. Receava o melão", disse o carpinteiro. "Pela janela, olhei para a rua. Passou um homem desconhecido. Caminhava apressado e falava sozinho. Às minhas costas eu ouvia minha mãe escavando o melão com a faca. Ouvia-a mastigando. E ouvia-a engolindo. 'Mãe, eu disse sem olhar para ela, pare de comer'."

A mãe do carpinteiro levantou a mão. "Gritou e eu olhei para ela porque gritara muito alto", disse o carpinteiro. Ela se virara com a faca. "Isto não é um verão e você não é gente. Sinto uma pressão na fronte. Uma queimação nas entranhas. Este é um verão que lança o fogo dos outros anos. Apenas o melão me refresca."

A máquina de costura

O pavimento é irregular e estreito. A coruja grita atrás das árvores. Procura por um telhado. As casas são brancas, tingidas pela cal.

Windisch sente o membro resoluto sob o umbigo. O vento bate na madeira. Está costurando. O vento costura um saco na Terra.

Windisch ouve a voz de sua mulher. Ela diz: "Bruto". Toda noite ela diz "bruto" quando, na cama, sente o bafo de Windisch. Há anos o útero foi-lhe extraído do ventre. "O médico interditou-o", ela diz, "agora não vou esfolar a bexiga só porque você quer."

Quando diz isso, Windisch sente a fria raiva dela suspensa entre o rosto de ambos. Ela segura o ombro de Windisch. Às vezes, demora um pouco até achar o ombro. No escuro, ao encontrar o ombro, diz perto do ouvido de Windisch: "Você poderia ser avô. Nosso tempo já passou".

Certo dia, no verão passado, Windisch estava a caminho de casa carregando dois sacos de farinha.

Windisch bateu a uma janela. Por trás da cortina o prefeito

iluminou o lado de fora com uma lanterna de mão. "Por que está batendo?", perguntou o prefeito. "Ponha a farinha no pátio. O portão está aberto." Sua voz estava adormecida. A noite era tempestuosa. Diante da janela um raio caiu no relvado. O prefeito apagou a lanterna. Sua voz despertou e ele falou alto. "Mais cinco carregamentos de trem, Windisch, e no Ano-Novo você recebe o dinheiro. E na Páscoa, o passaporte." Trovejou e o prefeito olhou para a vidraça. "Ponha a farinha embaixo do telhado", disse, "está chovendo."

O duodécimo trem desde então e dez mil *lei*,* e a Páscoa já se foi faz tempo", pensa Windisch. Há muito não bate à janela. Abre o portão. Aperta o saco contra o ventre e coloca-o no pátio. Mesmo quando não chove, Windisch põe o saco sob o telhado.

A bicicleta está leve. Ela roda e Windisch mantém-na a seu lado. Enquanto a bicicleta roda na relva, Windisch não ouve os próprios passos.

Naquela noite de tempestade todas as janelas estavam escuras. Windisch deteve-se no longo corredor de entrada. Um raio fendeu a terra. Um trovão lançou o pátio da casa na fenda. A mulher de Windisch não ouviu a chave girar na fechadura da porta.

Windisch deteve-se no vestíbulo. O trovão caiu tão além do vilarejo, por trás das plantações, que um frio silêncio tomou conta da noite. As pupilas de Windisch estavam frias. Windisch teve o sentimento de que a noite iria sucumbir, de que subitamente o vilarejo seria tomado por um brilho ofuscante. Windisch estava no vestíbulo e sabia que, se não houvesse entrado em casa, teria visto através das plantações o estreito fim de todas as coisas e seu próprio fim.

---

* O *leu* é a moeda romena (pl. *lei*). (N. T.)

Por trás da porta do quarto Windisch ouviu a respiração persistente e ritmada da mulher. Parecia uma máquina de costura.

Windisch abriu a porta subitamente. Acendeu a luz. Sobre o lençol as pernas da mulher pareciam as folhas escancaradas de uma janela. Estremeceram sob a luz. A mulher de Windisch arregalou os olhos. O olhar não fora ofuscado pela luz. Estava apenas petrificado.

Windisch curvou-se. Desatou o cordão dos sapatos. Por debaixo do braço observou as coxas da mulher. Viu-a tirar em meio aos pelos um dedo lambuzado de muco. Ela não sabia onde pôr a mão com o dedo melado. Colocou-a na barriga.

Windisch olhou para os sapatos e disse: "Então é isso. É isso o que se passa com a bexiga, cara senhora". A mulher de Windisch pôs a mão com o dedo no rosto. Desceu as pernas à guarda da cama. Juntou-as cada vez com mais força até que Windisch não pôde ver nada além de uma única perna e as plantas de ambos os pés.

A mulher de Windisch voltou-se para a parede e chorou alto. Chorou longamente com a voz de sua juventude. Chorou brevemente e baixinho com a voz da maturidade. Murmurou três vezes com a voz de outra mulher. Então se calou.

Windisch apagou a luz. Deitou-se na cama quente. Sentiu o fluxo da mulher como se ela tivesse esvaziado o ventre na cama.

Windisch ouviu como o sono a afundava nesse fluxo. Apenas a respiração ronronava. Era uma respiração cansada e vazia. E distante de todas as coisas. Como se estivesse no fim de todas as coisas, como se ronronasse no fim dela mesma.

Nessa noite o sono foi tão distante que ela, a mulher de Windisch, não pôde encontrar nenhum sonho.

Manchas pretas

As janelas da casa do peleiro ficam atrás da macieira. Estão iluminadas. "Ele tem o passaporte", pensa Windisch. As janelas brilham intensamente e a vidraça está descoberta. O peleiro vendeu tudo. Os cômodos estão vazios. "Venderam as cortinas", diz Windisch para si mesmo.

O peleiro encosta-se na estufa azulejada. Há pratos brancos no chão. No peitoril da janela estão os talheres. O sobretudo preto do peleiro está pendurado na maçaneta da porta. Ao passar, a mulher do peleiro curva-se sobre as grandes malas. Windisch vê as mãos dela. Lançam sombras sobre as paredes vazias do cômodo. Tornam-se longas e dobram-se. Os braços ondeiam como galhos sobre a água. O peleiro conta dinheiro. Põe o saco com as notas nos tubos da estufa.

O armário é um quadrilátero branco, as camas são molduras brancas. Entre eles, as paredes são manchas pretas. O piso está inclinado. O piso se ergue. Ergue-se até o alto da parede. Põe-se diante da porta. O peleiro conta o segundo saco de dinheiro. O piso irá encobri-lo. A mulher do peleiro sopra o pó do gorro de peles cor de cinza. O piso irá erguê-la até o teto. Ao lado da estufa o relógio de parede deixou uma longa mancha branca na parede. O tempo está pendurado ao lado da estufa. Windisch fecha os olhos. "O tempo acabou", pensa Windisch. Ouve o tique-taque da mancha branca deixada pelo relógio de parede e vê o mostrador do relógio feito de manchas pretas. O tempo está sem ponteiros. Apenas as manchas pretas giram. Empurram-se. Expelem-se da mancha branca. Caem ao longo da parede. Elas são o piso. As manchas pretas são o piso no outro cômodo.

Rudi ajoelha-se sobre o piso no cômodo vazio. Diante dele seus vidros coloridos dispõem-se em longas fileiras. Em círculos. Ao lado de Rudi está a mala vazia. Há um quadro na parede. Não é um retrato. A moldura é de vidro verde. Dentro dela há um vidro leitoso com ondas vermelhas.

A coruja voa sobre os canteiros. Grita alto. Seu voo é rasante. Seu voo está repleto da noite. "Um gato", pensa Windisch, "um gato que voa."

Rudi sustém uma colher de vidro azul diante dos olhos. O branco dos olhos aumenta. A pupila é uma bola úmida e brilhante na colher. O piso banha de cores os limites do cômodo. O tempo do outro cômodo provoca ondas. As manchas pretas flutuam nelas. A lâmpada estremece. A luz está rota. Ambas as janelas flutuam e se fundem. Ambos os pisos repelem as paredes. Windisch apoia a cabeça na mão. A cabeça pulsa. A têmpora pulsa no punho. Os pisos erguem-se. Aproximam-se, tocam-se. Afundam ao longo de sua estreita fenda. Ficarão pesados e a terra se quebrará. O vidro se tornará incandescente, ele se tornará um tumor dentro da mala.

Windisch abre a boca. Sente que elas crescem no rosto, as manchas pretas.

A caixa

Rudi é engenheiro. Trabalhou por três anos numa fábrica de vidros. A fábrica de vidros fica nas montanhas.

Nesses três anos o peleiro viajou uma única vez para visitar o filho. "Viajo por uma semana para visitar Rudi nas montanhas", dissera o peleiro a Windisch.

Depois de três dias, voltou. O rosto estava vermelho do ar da montanha e os olhos estavam secos pela falta de sono. "Lá eu não conseguia dormir", disse o peleiro. "Não preguei os olhos. À noite eu sentia as montanhas na cabeça."

"Para qualquer lado que se olhe", contou o peleiro, "veem-se as montanhas. Há túneis no caminho para as montanhas. O caminho é feito de montanhas também. São negras como a noite. O trem percorre os túneis. A montanha inteira trepida no trem. A gente sente um zumbido no ouvido e uma pressão na cabeça. Ora a noite escura como o breu, ora o dia radioso", disse o peleiro, "e isso se alternando o tempo todo. É insuportável. Todos permanecem sentados e não olham pela janela. Leem livros quando está claro. Cuidam para que não caiam do colo. Eu cuidava para não esbarrar o cotovelo nos passageiros. Fecham os livros quando fica escuro. Eu procurava ouvir, procurava ouvir e notar se fechavam os livros nos túneis. Não ouvia nada. Quando ficava claro eu olhava primeiro para os livros e depois para os olhos deles. Os livros estavam abertos e os olhos estavam fechados. As pessoas abriam os olhos depois de mim. Digo a você, Windisch", disse o peleiro, "orgulhava-me sempre por abrir os olhos antes deles. Percebo quando o fim do túnel se aproxima. Aprendi isso na Rússia", disse o peleiro. Pôs as mãos na testa. "Tantas noites de trepidação e tantos dias radiosos", disse o peleiro, "jamais experimentei algo assim. À noite, na cama, ouvia os túneis. Zuniam. Zuniam como as vagonetas nos Urais."

O peleiro inclinou a cabeça. Seu rosto iluminou-se. Olhou a mesa por sobre os ombros. Queria saber se a mulher não estaria ouvindo. Então sussurrou: "Apenas mulheres, Windisch; digo a você, há mulheres lá. Têm um jeito especial de andar. Ceifam melhor que os homens". O peleiro riu. "Infelizmente são valáquias. São boas na cama, mas não sabem cozinhar como nossas mulheres."

Na mesa havia uma tigela de lata. A mulher do peleiro batia umas claras de ovo para obter o ponto de neve. "Lavei duas camisas", disse. "A água ficou preta. De tanta fuligem. A gente não a enxerga por causa das matas."

O peleiro olhou para a tigela. "Lá em cima, no pico da montanha mais alta", disse, "há um sanatório. Lá ficam os loucos. Andam por trás da cerca, metidos numas ceroulas azuis e sobretudos grossos. Há um que passa o dia vasculhando a relva à procura de tarugos de pinho. Fala sozinho. Rudi diz que é mineiro. Participou de uma greve."

A mulher do peleiro pôs a ponta do dedo na clara. "Colheu o que plantou", disse ela, e lambeu a ponta do dedo.

"Um outro", disse o peleiro, "ficou apenas uma semana no sanatório. Voltou à mina. Foi então atropelado por um carro."

A mulher do peleiro ergueu a tigela. "Os ovos estão velhos", disse, "a clara está amarga."

O peleiro assentiu. "De cima veem-se os cemitérios", disse, "que descem montanha abaixo."

Windisch pôs as mãos na mesa, ao lado da tigela. Disse: "Eu não gostaria de ser enterrado ali".

A mulher do peleiro pousou o olhar ausente nas mãos de Windisch. "Deve ser bonito nas montanhas", disse, "pena ser tão longe daqui. A gente não pode ir até lá e Rudi não vem para casa."

"Agora ela assa bolos de novo", disse o peleiro, "e Rudi não está aqui para comê-los."

Windisch tirou as mãos da mesa.

"As nuvens baixaram sobre a cidade", disse o peleiro. "As pessoas caminham em meio às nuvens. Há tempestade todos os dias. Quem se arrisca ao campo aberto é apanhado por um raio."

Windisch pôs as mãos no bolso. Levantou-se. Dirigiu-se à porta.

"Trouxe uma coisa", disse o peleiro. "Rudi me deu uma caixa pra entregar a Amalie." O peleiro abriu uma gaveta. Fechou-a novamente. Olhou para dentro de uma mala vazia. A mulher do peleiro revistou os bolsos do casaco dele. O peleiro abriu o armário.

Exausta, a mulher levantou as mãos. "Vamos procurá-la", disse. O peleiro remexeu os bolsos das calças. "Eu tinha a caixa à mão ainda hoje pela manhã", disse.

A navalha

Windisch está sentado na cozinha, diante da janela. Barbeia-se. Com o pincel vai produzindo a branca espuma no rosto. Nas bochechas a espuma faz um ruído de neve sendo pisada. Com a ponta do dedo Windisch aplica a neve ao redor da boca. Olha-se no espelho. Nele, vê a porta da cozinha. E seu rosto.

Windisch nota que exagerou na quantidade de neve sobre o rosto. Observa como fica a boca em meio à neve. Percebe que não pode falar com a neve nas narinas e com a neve no queixo.

Windisch abre a navalha. Experimenta no dedo o fio da navalha. Assenta o fio da navalha no rosto, abaixo do olho. A maçã do rosto não se move. Com a outra mão Windisch estica a pele sob o olho. Olha pela janela. Lá fora vê-se a relva verde.

A navalha oscila. O fio da navalha queima.

Faz semanas que Windisch tem uma ferida sob o olho. É vermelha. Tem uma borda amolecida de pus. Toda noite fica cheia de pó de farinha.

Há alguns dias formou-se uma crosta sob o olho de Windisch.

De manhã Windisch sai de casa com a crosta. Depois de

abrir a porta do moinho e de enfiar o cadeado no bolso do casaco, põe a mão no rosto. A crosta sumiu.

"Talvez a crosta tenha caído na valeta", pensa Windisch.

Quando o dia clareia, Windisch vai ao açude do moinho. Ajoelha-se na relva. Olha o semblante refletido na água. Em sua orelha formam-se pequenos círculos. O cabelo borra a imagem.

Windisch tem uma cicatriz branca e irregular embaixo do olho.

Uma folha de junco está partida. Abre-se e fecha-se ao lado de sua mão. A folha de junco contém uma lâmina de navalha marrom.

A lágrima

Amalie chegara do pátio da casa do peleiro. Viera caminhando pela relva. Segurava a pequena caixa na mão. Cheirou-a. Windisch olhou a barra da saia de Amalie. A barra lançou uma sombra sobre a relva. As panturrilhas de Amalie estavam brancas. Windisch observou o modo como ela balançava o quadril.

A caixa vinha atada por um cordão prateado. Amalie pôs-se diante do espelho. Mirou-se. No espelho, procurou pelo cordão prateado e puxou-o. "A caixa estava dentro do chapéu do peleiro", disse.

Na caixa ouviu-se o crepitar de uma folha de papel de seda. Sobre o papel branco havia uma lágrima de vidro. Tinha um furo na ponta. Em seu bojo a lágrima apresentava um sulco. Sob a lágrima havia um papelinho. Rudi escrevera: "A lágrima está vazia. Encha-a com água. De preferência água de chuva".

Amalie não pôde encher a lágrima. Era verão e o vilarejo estava completamente seco. E a água da fonte não era água de chuva.

Amalie susteve a lágrima à janela, diante da luz. Por fora estava imóvel. Mas por dentro tremia ao longo do sulco.

O céu ardeu por sete dias até se consumir. Mudou-se para o fim do vilarejo. No vale, contemplou o rio. O céu bebeu água. Voltou a chover.

No pátio a água correu sobre as pedras do piso. Amalie postou-se com a lágrima, diante da calha. Observou como a água fluía para o bojo da lágrima.

Na água da chuva também havia o vento. Soprando em meio às árvores ele tocava sinos de vidro. Os sinos estavam turvos, folhas rodopiavam dentro deles. A chuva cantava. Também havia areia na voz da chuva. Também havia cascas de árvore dentro dela.

A lágrima ficou cheia. Amalie trouxe-a para o quarto, com as mãos molhadas e os pés cheios de areia.

A mulher de Windisch tomou a lágrima nas mãos. A água luzia dentro dela. Havia uma luz no vidro. A água da lágrima escorria por entre os dedos da mulher de Windisch.

Windisch estendeu a mão. Apanhou a lágrima. A água escorregou-lhe pelo cotovelo. Com a ponta da língua a mulher de Windisch lambeu a ponta dos dedos molhados. Windisch viu-a lamber o dedo que ela havia tirado dos pelos na noite da tempestade. Olhou a chuva lá fora. Sentiu o muco na boca. Na garganta o nó do vômito ameaçou desatar.

Windisch pôs a lágrima na mão de Amalie. A lágrima pingava. A água dentro dela não baixava. "A água é salgada. Arde nos lábios", disse a mulher de Windisch.

Amalie lambeu o punho. "A chuva é doce", disse, "O sal foi chorado pela lágrima."

O jardim dos cadáveres

"Nesses casos de nada vale o diploma", disse a mulher de Windisch. Windisch olhou para Amalie e disse: "Rudi é engenheiro, mas também no caso dele de nada vale o diploma". Amalie riu. "Rudi conhece o sanatório não apenas por fora. Esteve internado lá", disse a mulher de Windisch. "Foi a carteira que me contou."

Windisch movia, de um lado a outro, um copo em cima da mesa. Olhando para o copo, disse: "É um mal de família. Chegam os filhos e também eles enlouquecem".

No vilarejo a bisavó de Rudi era chamada de "a Lagarta". Trazia sempre às costas uma delgada trança de cabelo. Não suportava o pente. O marido morreu cedo e sem ter ficado doente.

Depois do enterro a Lagarta saiu atrás do marido. Foi à taberna. Encarou todos os homens que encontrou lá dentro. "Não é você", disse a cada mesa por que passou. O taberneiro foi até ela e disse: "Mas seu marido está morto". Ela apanhou a delgada trança de cabelo na mão. Chorou e saiu correndo.

Todos os dias a Lagarta ia atrás do marido. Ia às casas e perguntava se ele havia passado por ali.

Num dia de inverno, quando as nuvens trouxeram a geada sobre o vilarejo, a Lagarta foi ao campo. Trajava uma roupa leve e estava sem meias. Apenas as mãos estavam protegidas contra a neve. Vestia grossas luvas de lã. Caminhou então em meio à vegetação rasteira. Era fim de tarde. O guarda-florestal a viu. Disse a ela que voltasse ao vilarejo.

No dia seguinte o guarda-florestal veio ao vilarejo. A Lagarta deitara-se numa palha de abrunheiro. Estava enregelada. Ele a carregou nos ombros até o vilarejo. Estava dura como uma tábua.

"Era totalmente irresponsável", disse a mulher de Windisch. "Deixou o filho de três anos sozinho no mundo."

O filho de três anos era o avô de Rudi. Era carpinteiro. Não se interessava minimamente por seu pedaço de terra. "A bardana medrava na terra fértil", disse Windisch.

O avô de Rudi só queria saber de madeira. Torrava todo o dinheiro em madeira. "Fazia figuras com a madeira", disse a mulher de Windisch. "Em cada pedaço de madeira cinzelava umas caras de monstros."

"Então veio a expropriação", disse Windisch. Amalie passava esmalte vermelho nas unhas das mãos. "Os camponeses tremeram. Vieram homens da cidade. Mediram a terra. Listaram o nome das pessoas e disseram: 'Aqueles que não assinarem serão presos'. Todos os portões foram trancados", disse Windisch. O velho peleiro não trancou seu portão. Escancarou-o. Quando os homens chegaram, disse: "É bom que tomem a propriedade. Peguem também os cavalos, assim me livro deles".

A mulher de Windisch tirou o vidro de esmalte das mãos de Amalie. "Ninguém mais falou desse jeito", disse. Irada, gritou a ponto de uma veiazinha azul saltar atrás da orelha. "Ouça!", gritou.

O velho peleiro abateu uma tília no jardim e esculpiu na madeira uma mulher nua. Colocou-a diante da janela que dava para o pátio da casa. Sua mulher chorava. Ela apanhou a criança. Colocou-a num cesto de vime. "Mudou-se, com a criança e uns poucos pertences que pôde carregar, para uma casa desabitada, num arrabalde do vilarejo", disse Windisch.

"Por conta de tanta madeira a criança ficou com a cabeça meio oca", disse a mulher de Windisch.

A criança é o peleiro. Quando começou a andar, ia todos os dias ao campo. Capturava sapos e lagartos. Depois, um pouco maior, subia sorrateiramente à torre da igreja. Apanhava do ninho as corujas que ainda não podiam voar. Trazia-as para casa sob a camisa. Alimentava as corujas com lagartos e sapos. Quando estavam crescidas, matava-as. Eviscerava-as. Mergulhava-as na cal. Secava-as e metia-lhes o enchimento de palha.

"Antes da guerra", disse Windisch, "o peleiro ganhou certa vez no boliche o bode da quermesse. No meio do vilarejo, esfolou o bode ainda vivo. As pessoas saíram correndo. As mulheres passaram mal."

"No lugar onde o bode foi sangrado", disse a mulher de Windisch, "até hoje a relva não cresce."

Windisch encostou-se no armário. "Herói ele nunca foi", suspirou Windisch, "era apenas um carniceiro. Na guerra ninguém lutou contra sapos e corujas."

Amalie penteava-se diante do espelho.

"Ele nunca esteve nas ss", disse a mulher de Windisch, "esteve apenas no exército regular. Depois da guerra, voltou a caçar corujas e cegonhas e melros e tornou a empalhá-los. E abatia toda ovelha doente e os coelhos das redondezas. E curtia o couro. O sótão da casa é todo ele um jardim de cadáveres destinado aos animais abatidos", disse a mulher de Windisch.

Amalie apanhou o vidrinho de esmalte. Windisch sentiu o

grão de areia por trás da testa, ele ia e voltava de uma têmpora à outra. Uma gota vermelha caiu do vidrinho sobre a toalha da mesa.

"Na Rússia você era puta", disse Amalie à mãe, e olhou para as unhas.

A pedra na cal

A coruja voa em círculo sobre a macieira. Windisch olha para a lua. Observa para onde seguem as manchas pretas. A coruja não fecha o círculo.

O peleiro empalhou a última coruja da torre da igreja há dois anos e deu-a de presente ao padre. "Esta coruja mora noutro vilarejo", pensa Windisch.

A coruja forasteira sempre encontra a noite aqui no vilarejo. Ninguém sabe onde descansa as asas durante o dia. Ninguém sabe onde fecha o bico e dorme.

Windisch sabe que a coruja forasteira sente o cheiro dos pássaros empalhados no sótão do peleiro.

O peleiro doou os animais empalhados ao museu da cidade. Não recebeu nenhum tostão por isso. Vieram dois homens. O carro ficou parado um dia inteiro diante da casa do peleiro. Era branco e fechado como o cômodo de uma casa.

Os homens disseram: "Os animais empalhados pertencem à fauna de nossas florestas". Acondicionaram todos os pássaros em caixas. Ameaçaram com uma dura punição. O peleiro deu-

-lhes de presente todas as peles de ovelha. Disseram então que estava tudo em ordem.

O carro branco deixou o vilarejo lentamente, como um cômodo ambulante. Intimidada, a mulher do peleiro sorria e acenava.

Windisch está sentado na varanda. "O peleiro fez a requisição depois de nós", pensa. "Pagou alguma coisa na cidade."

Windisch ouve o barulho de uma folha sobre o piso da entrada. Ela arranha a pedra. A parede é branca e comprida. Windisch fecha os olhos. Sente como a parede cresce no rosto. A cal queima-lhe a fronte. Uma pedra abre a boca na cal. A macieira treme. As folhas são ouvidos. Ouvem com atenção. A macieira bebe suas verdes maçãs.

A macieira

Antes da guerra havia uma macieira atrás da igreja. Era uma macieira que comia seus próprios frutos.

O pai do guarda-noturno havia sido guarda-noturno também. Numa noite de verão ele estava atrás da sebe de buxos. No alto do tronco, no ponto onde os galhos se repartem, viu que a macieira abria a boca. A macieira comia maçãs.

De manhã o guarda-noturno não se deitou. Foi ter com o juiz do vilarejo. Disse a ele que a macieira atrás da igreja comia seus próprios frutos. O juiz do vilarejo riu. Enquanto ria, piscava os olhos. O guarda-noturno ouviu o medo através do riso. Nas têmporas do juiz do vilarejo batiam os pequenos martelos da vida.

O guarda-noturno foi para casa. Deitou-se na cama sem tirar a roupa. Adormeceu. Dormiu banhado em suor.

Enquanto o guarda-noturno dormia, a macieira arranhou as têmporas do juiz do vilarejo a ponto de feri-las. Seus olhos se avermelharam e sua boca ficou seca.

Depois do almoço o juiz do vilarejo bateu na mulher. Havia visto maçãs boiando na sopa. Ele as engolira.

Depois do almoço o juiz do vilarejo não conseguiu dormir. Fechou os olhos e ouviu o barulho de cascas de árvore atrás da parede. As cascas de árvore pendiam numa fiada. Balançavam em cordões e comiam maçãs.

À tarde o juiz do vilarejo chamou o povo para uma audiência. As pessoas se ajuntaram. O juiz do vilarejo instituiu uma comissão para vigiar a macieira. A comissão era integrada por quatro grandes proprietários de terra, o padre, o professor do vilarejo e o próprio juiz do vilarejo.

O professor do vilarejo fez um discurso. Batizou a comissão para a vigilância da macieira de Comissão da Noite de Verão. O padre recusou-se a vigiar a macieira atrás da igreja. Persignou-se três vezes. Desculpou-se com as seguintes palavras: "Deus perdoe teu pecado". Ameaçou ir à cidade na manhã seguinte e delatar a blasfêmia ao bispo.

Aquele dia demorou a escurecer. Em seu calor o sol não era capaz de encontrar o fim do dia. A noite jorrou então da terra e cobriu o vilarejo.

A Comissão da Noite de Verão veio rastejando na escuridão ao longo da sebe de buxos. Deitou-se sob a macieira. Contemplou o emaranhado de galhos.

O juiz do vilarejo trazia um machado. Os grandes proprietários de terra depuseram seus forcados no chão. O professor do vilarejo sentou-se ao lado de um lampião, enrolado num saco, munido de lápis e caderno. Olhava com um olho só pelo buraco do saco, que era do tamanho de um ovo. Punha o relato no papel.

A noite ia alta. Ela pôs o céu para fora do vilarejo. Era meia-noite. A Comissão da Noite de Verão tinha os olhos fixos no céu que ia sendo expulso. Sob o saco o professor consultou o relógio de bolso. Passava da meia-noite. O relógio da igreja não havia batido a hora.

O padre desativara o relógio. Suas rodas dentadas não deviam medir o tempo do pecado. O silêncio havia de acusar o vilarejo.

No vilarejo ninguém dormiu. Os cães estavam nas ruas. Não latiam. Os gatos acomodavam-se nas árvores. Observavam tudo com seus incandescentes olhos de lampião.

As pessoas estavam sentadas dentro de casa. As mães carregavam os filhos pra lá e pra cá em meio às velas acesas. As crianças não choravam.

Windisch sentou-se com Barbara sob a ponte.

O professor viu o meio da noite em seu relógio de bolso. Pôs a mão para fora do saco. Fez um sinal à Comissão da Noite de Verão.

A macieira não se mexeu. O juiz do vilarejo pigarreou após longo silêncio. Uma tosse de fumante sacudiu um dos grandes proprietários. Rapidamente ele arrancou à terra um naco de grama. Meteu a grama na boca. Enterrou a tosse.

Duas horas após a meia-noite a macieira começou a tremer. No alto, onde os galhos se repartem, uma boca se abriu. A boca comia maçãs.

A Comissão da Noite de Verão ouviu o mastigar da boca. Na igreja, atrás do muro, as cigarras estridulavam.

A boca comeu a sexta maçã. O juiz do vilarejo aproximou-se da macieira. Golpeou a boca com o machado. Os grandes proprietários brandiram os forcados. Postaram-se atrás do juiz do vilarejo.

Um pedaço de casca de madeira amarela e úmida caiu na relva.

Ninguém da Comissão da Noite de Verão havia visto como e quando a macieira fechou a boca.

O professor arrastou-se para fora do saco. "Na qualidade de professor devia ter visto o que se passara", disse o juiz do vilarejo.

Às quatro da manhã o padre foi para a estação ferroviária,

metido em sua batina longa e preta, embaixo de seu chapéu grande e preto, ao lado de sua pasta preta. Caminhava apressado. Olhava apenas para o chão. A aurora jazia nos muros das casas. A cal estava clara.

Três dias depois o bispo veio ao vilarejo. A igreja estava repleta. As pessoas viram-no dirigir-se ao altar passando por entre os bancos. Subiu ao púlpito.

O bispo não rezou. Disse que havia lido o relato do professor. Que havia se aconselhado com Deus. "Deus há muito que o sabe", gritou. "Deus lembrou-me de Adão e Eva. Deus", disse em voz baixa o bispo, "Deus me disse: 'O demônio está na macieira'."

O bispo escreveu uma carta ao padre. Escreveu em latim. O padre leu a carta de cima do púlpito. Por causa do latim o púlpito parecia muito alto.

O pai do guarda-noturno disse que não ouvira a voz do padre.

Ao terminar a leitura da carta o padre fechou os olhos. Juntou as mãos e rezou em latim. Desceu do púlpito. Parecia pequeno. Tinha o semblante cansado. Voltou-se para o altar. "Não podemos derrubar a árvore. Nossa obrigação é queimar a árvore ainda de pé", disse.

O velho peleiro bem que teria gostado de pagar ao padre pela árvore. Mas o padre disse: "A palavra de Deus é sagrada. O bispo sabe o que fala".

À noite os homens trouxeram uma carrada de palha. Os quatro grandes proprietários envolveram o tronco com a palha. O prefeito subiu a uma escada. Esparramou a palha sobre a copa.

O padre ficara atrás da árvore e rezava em voz alta. O coral da igreja postou-se ao lado da sebe de buxos e cantou longos hinos. Fazia frio e o alento dos hinos subiu ao céu. As mulheres e as crianças rezavam baixinho.

Com um graveto incendido o professor ateou fogo à palha. As chamas consumiram a palha. Avolumaram-se. Engoliram a casca da árvore. A madeira estalava no fogo. A copa da árvore lambia o céu. A lua cobriu-se.

As maçãs inflaram-se. Explodiram. O sumo sibilava de raiva. O sumo uivava no fogo feito carne viva. A fumaça fedia. Ardia nos olhos. Os hinos foram destroçados pela tosse.

O vilarejo permaneceu imerso na fumaça até que veio a primeira chuva. O professor escreveu em seu caderno. Chamou a fumaça de "névoa da maçã".

O braço de pau

Atrás da igreja restou um toco negro e recurvado.

As pessoas diziam que havia um homem atrás da igreja. Parecia o padre sem o chapéu na cabeça.

Geara de manhã. O buxo estava coberto de branco. O toco estava negro.

O sacristão trouxe as rosas murchas do altar para os fundos da igreja. Passou pelo toco. O toco era o braço de pau de sua mulher.

Folhas carbonizadas rodopiavam. Não havia vento. As folhas não tinham peso. Elevavam-se à altura de seu joelho. Caíam diante de seus passos. As folhas desintegravam-se. Eram fuligem.

O sacristão cortou o toco. O machado não emitiu nenhum ruído. O sacristão despejou uma garrafa de querosene no toco. Ateou-lhe fogo. O toco queimou. No chão restou um punhado de cinzas.

O sacristão pôs as cinzas numa caixa. Foi à periferia do vilarejo. Com as mãos cavou um buraco no chão. Diante de sua fronte havia um galho retorcido. Era um braço de pau. O braço estendia-se para agarrá-lo.

O sacristão enterrou a caixa no buraco. Foi para o campo seguindo um caminho poeirento. Ouvia as árvores ao longe. O milho estava seco. Ao passar as folhas se partiam. Sentia a solidão de todos os anos. Sua vida estava transparente. Estava vazia.

As gralhas sobrevoaram o milharal. Pousaram sobre as hastes dos milheiros. Eram de carvão. Estavam pesadas. As hastes dos milheiros balançaram. As gralhas esvoaçaram.

De volta ao vilarejo o sacristão sentiu o coração, nu e petrificado, pender entre as costelas. A caixa com as cinzas jazia ao lado da sebe de buxos.

A canção

Os porcos pintados do vizinho grunhem com estardalhaço. Formam um bando nas nuvens. Passam por cima do pátio. A varanda é tecida de folhas. Cada folha projeta uma sombra.

Uma voz masculina canta na rua ao lado. A canção flutua em meio às folhas. "Durante a noite o vilarejo é bem grande", pensa Windisch, "e seu fim está em toda parte."

Windisch conhece a canção: "Tomei a estrada outro dia/ pra ver Berlim que luzia./ Andei a noite inteirinha". A varanda cresce quando fica assim tão escuro. Quando as folhas projetam sombras. Ela eleva o piso empurrando-o por baixo. Apoia-se então num pilar. Quando fica muito alta, o pilar se quebra. A varanda cai no chão. No mesmo lugar. Quando amanhece não se percebe que a varanda cresceu e caiu.

Windisch sente o baque sobre as pedras. Diante dele há uma mesa vazia. Há um espanto sobre a mesa. O espanto está nas costelas de Windisch. Windisch sente o espanto feito uma pedra pesando no bolso do casaco.

Flutuando, a canção atravessa a macieira: "Se me deres a filhinha,/ farei dela uma mocinha./ Trá-lá-lá, a noite inteirinha".

Windisch enfia as mãos enregeladas nos bolsos do casaco. Nenhuma pedra pesa no bolso. A canção está entre seus dedos. Windisch acompanha-a baixinho: "Meu caro, pode esquecer./ Ela não é de ceder./ Trá-lá-lá, a noite inteirinha".

As nuvens arrastam-se por sobre o vilarejo porque é muito grande a manada de porcos nas nuvens lá em cima. Os porcos estão calados. A canção está sozinha na noite: "Deixa eu ir, mamãe, que saco!/ Pra que tenho este buraco?/ Trá-lá-lá, a noite inteirinha".

O caminho de casa é longo. O homem caminha no escuro. A canção não cessa. "Mãe, quero a tua usar,/ pra minha, virgem, poupar./ Trá-lá-lá, a noite inteirinha." A canção é pesada. A voz é profunda. Há uma pedra na canção. A água fria corre na pedra. "Não tenho como emprestá-la,/ amanhã papai vai usá-la./ Trá-lá-lá, a noite inteirinha."

Windisch tira a mão do bolso do casaco. Perde a pedra. Perde a canção.

"Amalie", pensa Windisch, "vira os pés para o lado quando se põe a andar."

O leite

Quando Amalie tinha sete anos, Rudi atravessou o milharal com ela. Levou-a até o fim da plantação. "O milharal é a floresta", disse. Rudi foi com Amalie ao celeiro. Disse: "O celeiro é o castelo".

No celeiro havia um tonel de vinho vazio. Rudi e Amalie entraram no tonel. "O tonel é sua cama", disse Rudi. Colocou carrapichos de bardana nos cabelos de Amalie. "Você tem uma coroa de espinhos", disse. "Você está enfeitiçada. Amo você. Você tem de sofrer."

Os bolsos do casaco de Rudi estavam cheios de cacos de vidro colorido. Ele pôs os cacos na borda do tonel. Os cacos cintilavam. Amalie sentou-se no fundo do tonel. Rudi ajoelhou-se diante dela. Levantou-lhe o vestido. "Vou beber seu leite", disse Rudi. Sugou os mamilos de Amalie. Amalie fechou os olhos. Rudi mordeu-lhe as pequenas aréolas castanhas.

Os mamilos de Amalie ficaram inchados. Amalie chorou. Rudi atravessou a plantação e entrou no mato. Amalie correu para casa.

Os carrapichos de bardana grudaram-lhe no cabelo. Emaranharam todo o cabelo. A mulher de Windisch cortou os nós com a tesoura. Ungiu os mamilos de Amalie com chá de camomila. "Você não vai mais brincar com ele", disse. "O filho do peleiro é louco. Por causa das aves empalhadas ele tem a cabeça oca."

Windisch balançou a cabeça. "Amalie ainda vai nos envergonhar", disse.

O papa-figo

As persianas apresentavam fissuras pardas. Amalie tinha febre. Windisch não dormira. Pensava nos mamilos mordidos.

A mulher de Windisch sentou-se à beira da cama. "Sonhei", disse. "Fui ao sótão. Segurava a peneira de farinha. Um passarinho morto jazia na escada do sótão. Era um papa-figo. Levantei o passarinho pelos pés. Embaixo dele havia um amontoado de moscas gordas e pretas. As moscas saíram voando em bando. Pousaram na peneira de farinha. Sacudi a peneira no ar. As moscas não se mexeram. Então abri a porta. Corri para o pátio. Joguei a peneira com as moscas na neve."

O relógio de parede

As janelas da casa do peleiro precipitaram-se na noite. Rudi está deitado em cima do sobretudo e dorme. O peleiro está deitado com a mulher em cima de um sobretudo e dorme.

Windisch vê a mancha branca do relógio na mesa vazia. Um cuco vive no relógio. Sente os ponteiros. Grita. O peleiro dera o relógio de presente ao policial.

Duas semanas antes o peleiro mostrara a Windisch uma carta que chegara de Munique. "Meu cunhado vive lá", disse o peleiro. Pôs a carta na mesa. Procurou com a ponta dos dedos as linhas que desejava ler em voz alta. "Vocês devem trazer a louça e os talheres. Óculos são muito caros por aqui. Casacos de pele são uma exorbitância." O peleiro virou a folha.

Windisch ouviu o cuco gritar. Ele sente o cheiro dos pássaros empalhados que atravessa o forro da sala. O cuco é o único pássaro vivo na casa. Com seu grito, destrói o tempo. Os pássaros empalhados fedem.

Então o peleiro riu. Pusera o dedo sob uma frase escrita na margem da folha. "Aqui as mulheres não valem nada. Não sabem cozinhar. Minha mulher tem de matar a galinha para a proprie-tária da casa. A madame recusa-se a comer o sangue e o fígado. Joga fora a moela e o baço. Além disso, fuma o dia inteiro e ad-mite uma porção de homens na casa."

"A pior suábia", disse o peleiro, "vale mais que a melhor alemã daqui."

Jarrinha-da-europa

A coruja não grita mais. Pousou num telhado. "A velha Kroner deve ter morrido", pensa Windisch.

No último verão a velha Kroner colhera as flores do pé de tília do tanoeiro. A árvore fica do lado esquerdo do cemitério. Há um pouco de relva ali. No relvado medra o narciso silvestre. No relvado há um olho-d'água. Os túmulos dos romenos estão em volta do olho-d'água. São rasos. A água puxa-os para baixo da terra.

A tília do tanoeiro tem cheiro doce. O padre diz que os túmulos dos romenos não pertencem ao cemitério. Que os túmulos dos romenos têm um cheiro diferente daquele exalado pelos túmulos dos alemães.

O tanoeiro ia de casa em casa. Tinha um saco com vários martelinhos. Pregava o arco em torno dos tonéis. Ganhava comida pelo serviço prestado. Podia dormir nos celeiros.

Era outono. Pelas nuvens via-se o frio do inverno. Certa manhã o tanoeiro não acordou. Ninguém sabia quem ele era.

Nem de onde viera. "Um tipo assim está sempre de mudança", as pessoas diziam.

Os ramos da tília pendiam sobre o túmulo. "A escada não é necessária", dizia a velha Kroner. "Assim não corro o risco de ter que ficar tonta." Sentava-se na relva e colhia as flores, colocando--as num cesto.

A velha Kroner bebeu chá de flor de tília por todo um inverno. Punha as xícaras goela abaixo. A velha Kroner viciou-se no chá. A morte estava nas xícaras.

O rosto da velha Kroner iluminara-se. As pessoas diziam: "Alguma coisa floresce no rosto da velha Kroner". Seu rosto estava jovem. A juventude eram fraquezas. Do modo como rejuvenescemos diante da morte, assim era seu rosto. Do modo como rejuvenescemos cada vez mais e nos tornamos jovens até que o corpo se quebre. Até um momento anterior ao nascimento.

A velha Kroner cantava sempre a mesma canção: "Há um pé de tília junto à fonte do portão". Acrescentava-lhe novas estrofes. Cantava estrofes sobre botões de tília.

Quando a velha Kroner tomava o chá sem açúcar, as estrofes tornavam-se tristes. Ao cantar mirava-se no espelho. Via as flores de tília no rosto. Sentia as feridas na barriga e nas pernas.

A velha Kroner colhia a jarrinha-da-europa* no campo. Fervia-a. Passava o líquido castanho sobre as feridas. As feridas ficavam cada vez maiores. Cheiravam cada vez mais doce.

A velha Kroner colheu toda a jarrinha que havia no campo. Fervia cada vez mais jarrinha e fazia cada vez mais chá.

---

* Erva medicinal. (N. T.)

As abotoaduras

Rudi era o único alemão na fábrica de vidros. "Ele é o único alemão em toda a região", disse o peleiro. No começo os romenos admiravam-se do fato de que ainda houvesse alemães depois de Hitler. "Alemães ainda hoje", dizia a secretária do diretor, "alemães ainda hoje. Até mesmo na Romênia."

"Isso traz vantagens", disse o peleiro. Rudi ganha bastante dinheiro na fábrica. Tem boas relações com o homem do serviço secreto. Trata-se de um tipo loiro e alto. Tem olhos azuis. Parece um alemão. Rudi diz que é muito instruído. Conhece todos os tipos de vidro. Rudi deu-lhe de presente um alfinete de gravata e abotoaduras de vidro. "Valeu a pena", disse o peleiro. "O sujeito nos ajudou muito com o passaporte."

Rudi deu de presente ao sujeito todos os objetos de vidro que tinha em casa. Vasos para flores feitos de vidro. Pentes. Uma cadeira de balanço feita de vidro azul. Xícaras e pratos de vidro. Quadros de vidro. Uma luminária de cabeceira de vidro com uma cúpula vermelha.

Numa mala Rudi trouxe as orelhas, lábios, olhos, dedos e dentes de vidro para casa. Pôs os objetos no chão. Ordenou-os em fileiras e círculos. Contemplou-os.

O jarro

Amalie é professora num jardim de infância na cidade. Todo sábado volta para casa. A mulher de Windisch aguarda-a na estação de trem. Ajuda-a a carregar as pesadas sacolas. Todo sábado Amalie traz uma sacola com comida e uma sacola com vidros. "Cristal", diz ela.

Os armários estão repletos de cristais. Os cristais estão dispostos de acordo com a cor e o tamanho. Taças de vinho vermelhas, taças de vinho azuis, copos de aguardente brancos. Sobre a mesa há fruteiras de vidro, vasos e cestos de flor.

"Presentes das crianças", diz Amalie quando Windisch pergunta: "De quem você ganhou o vidro?".

Há um mês Amalie vem falando de um jarro de cristal. Com um gesto aponta a altura do quadril. "É alto assim", diz Amalie. "É vermelho-escuro. Em cima do vaso há uma bailarina com um branco vestido de brocados."

A mulher de Windisch faz olhos de espanto quando ouve falar do vaso. Todo sábado, diz: "Seu pai nunca vai entender o valor de um jarro".

"Antigamente bastavam simples vasos de flores", diz Windisch. "Hoje as pessoas precisam de vasos de chão."

Quando Amalie está na cidade a mulher de Windisch fala do jarro. Sua cara sorri. As mãos tornam-se ternas. Levanta um dedo como para acariciar a face. Windisch sabe que ela abriria as pernas em troca do jarro. Abriria as pernas do mesmo modo como levanta o dedo enternecido.

Windisch torna-se duro quando ela fala do jarro. Pensa no pós-guerra. "Na Rússia ela abria as pernas por um pedaço de pão", diziam as pessoas depois da guerra.

Na época Windisch pensava: "Ela é bonita e passa fome".

No meio dos túmulos

Do campo de prisioneiros de guerra Windisch voltou ao vilarejo. O vilarejo estava ferido pelos muitos mortos e desaparecidos.

Barbara morrera na Rússia.

Katharina retornara da Rússia. Queria casar-se com Josef. Josef morrera na guerra. Katharina trazia um pálido semblante. Tinha os olhos fundos.

Como Windisch, Katharina vira a morte. Como Windisch, Katharina trouxera a vida consigo. Rapidamente Windisch ligou sua vida à dela.

Windisch beijou-a no primeiro sábado passado no vilarejo ferido. Apertou-a contra uma árvore. Sentiu seu ventre jovem e seus seios redondos. Windisch caminhou com ela, passando pelos jardins.

As lápides dos túmulos formavam uma fila branca. O portão de ferro rangeu. Katharina persignou-se. Chorou. Windisch sabia que ela chorava por Josef. Windisch fechou o portão. Chorava. Katharina sabia que ele chorava por Barbara.

Katharina sentou-se na relva atrás da capela. Windisch inclinou-se sobre ela. Ela lhe tomou os cabelos nas mãos. Sorria. Ele ergueu sua saia. Abriu os botões da braguilha. Deitou-se sobre ela. Ela agarrou a relva com os dedos. Ofegava. Windisch olhou por cima dos cabelos dela. As lápides reluziam. Ela tremia.

Katharina sentou-se. Ajeitou a saia sobre os joelhos. Windisch estava de pé diante dela e abotoou os botões das calças. O cemitério era grande. Windisch sabia que não estava morto. Que estava em casa. Que as calças haviam esperado por ele no armário, no vilarejo. Que na guerra e no campo de prisioneiros ele não mais sabia onde ficava o vilarejo nem por quanto tempo ainda existiria.

Katharina tinha uma folha de relva na boca. Windisch apanhou-a. "Vamos embora", disse.

Os galos

Os sinos da torre da igreja soaram cinco vezes. Windisch sente uns nós frios nas pernas. Vai ao pátio. O chapéu do guarda-noturno passa pelo outro lado da cerca.

Windisch vai ao portão. O guarda-noturno agarra-se ao poste do telégrafo. Fala sozinho. "Onde está ela, onde mora a mais bela dentre as rosas?", pergunta. O cão está sentado no chão. Come um verme.

Windisch diz: "Konrad". O guarda-noturno olha para ele. "A coruja aninhou-se no pasto, atrás do celeiro de palha", diz. "A Kroner morreu." Boceja. O bafo é de aguardente.

No vilarejo os galos cantam. O canto é rude. Trazem a noite no bico.

O guarda-noturno permanece junto à cerca. As mãos estão sujas. Os dedos são tortos.

A mancha da morte

A mulher de Windisch está descalça no piso de pedra à entrada da casa. O cabelo está revolto, como se ventasse lá dentro. Windisch vê a pele de ganso de suas coxas. A pele áspera das juntas.

Windisch sente o cheiro de sua camisola. Está quente. As maçãs do rosto da mulher são duras. Estremecem. Ela escancara a boca. "Agora é que você volta para casa", grita. "Às três, olhei o relógio. Agora bateram as cinco." Ela agita as mãos. Windisch observa-lhe o dedo. Não está melado.

Windisch esmaga uma folha seca de maçã na mão. Ouve a mulher gritar no vestíbulo. Ela bate as portas. Vai gritando até a cozinha. A colher tilinta no fogão.

Windisch para à porta da cozinha. Ela levanta a colher. "Fornicador!", grita. "Vou contar à sua filha o que você anda fazendo."

Sobre o bule de chá vê-se uma bolha verde. Sobre a bolha aparece seu rosto. Windisch vai até ela. Bate-lhe na cara. Ela se cala. Abaixa a cabeça. Chorando, põe o bule de chá na mesa.

Windisch senta-se diante da xícara de chá. O vapor devora sua cara. O vapor de hortelã-pimenta evola pela cozinha. Windisch contempla seu olho no chá. O açúcar escorrega da colher para o olho. A colher está no chá.

Windisch toma um gole de chá. "A velha Kroner morreu", diz. A mulher sopra a xícara. Tem os olhos pequenos e vermelhos. "O sino toca", diz.

Em seu rosto há uma mancha vermelha. É a mancha da mão de Windisch. É a mancha do vapor do chá. É a mancha da morte da velha Kroner.

O sino soa através das paredes. O lampião soa. O teto soa.

Windisch respira fundo. Encontra o alento no fundo da xícara.

"Quem sabe quando e onde morreremos?", pergunta a mulher de Windisch. Toma os cabelos nas mãos. Enrola um cacho. Uma gota de chá escorre-lhe pelo queixo.

Na rua o dia amanhece banhado por uma luz cinzenta. As janelas da casa do tanoeiro estão iluminadas. "O enterro será hoje à tarde", diz Windisch.

As cartas tragadas

Windisch vai ao moinho. Os pneus da bicicleta chiam na relva molhada. Windisch observa a roda virar entre os joelhos. As cercas perfilam-se sob a chuva. As plantações murmuram. As árvores gotejam.

O monumento ao soldado está envolto pelo cinza. A borda das pequenas rosas está pardacenta.

A valeta está cheia de água. Os pneus da bicicleta afogam-se. A água espirra nas pernas das calças de Windisch. Minhocas contorcem-se nas pedras do pavimento.

A janela da casa do carpinteiro está aberta. A cama está feita. Está coberta por um acolchoado de pelúcia. A mulher do carpinteiro está sentada à mesa sozinha. Sobre a mesa há um monte de feijões-verdes.

O tampo do caixão da velha Kroner não está mais apoiado na parede do quarto. A mãe do carpinteiro sorri no retrato acima da cama. Ri desde a morte da dália branca até a morte da velha Kroner.

O chão está descoberto. O carpinteiro vendeu os tapetes

vermelhos. Também ele tem os longos formulários. Espera pelo passaporte.

A chuva se abate sobre a nuca de Windisch. Os ombros estão encharcados.

A mulher do carpinteiro é chamada ora pelo padre, por conta da certidão de batismo, ora pelo policial, por conta do passaporte.

O guarda-noturno contou a Windisch que o padre tem uma cama de ferro na sacristia. Na cama ele procura as certidões de batismo com as mulheres. "Quando tudo vai bem", disse o guarda-noturno, "procura a certidão cinco vezes. Quando faz uma busca minuciosa, procura dez vezes. No caso de algumas famílias o policial faz perder e extraviar os requerimentos e os selos fiscais sete vezes. Procura-os com as mulheres que desejam emigrar, num colchão no depósito do correio."

O guarda-noturno riu. "Sua mulher", disse a Windisch, "é velha demais para ele. Sua Kathi, ele deixa em paz. Mas sua filha está na mira. O padre faz dela uma católica e o policial faz dela uma apátrida. A carteira entrega as chaves ao policial quando ele tem de trabalhar no depósito."

Windisch chutou a porta do moinho. "Ele que se meta!", disse. "Ganha farinha, mas minha filha não ganha."

"Por isso as cartas que enviamos não chegam", disse o guarda-noturno. "A carteira pega os envelopes e o dinheiro para os selos. Com o dinheiro para os selos compra aguardente. E as cartas ela lê e as joga no cesto de lixo. E quando o policial não tem nada a fazer no depósito, senta-se junto com a carteira atrás do balcão e enche a cara. Pois para o colchão a carteira é velha demais."

O guarda-noturno acariciou o cachorro. "A carteira já tragou centenas de cartas", disse. "E já contou centenas delas ao policial."

Windisch abre a porta do moinho com a chave grande. Conta dois anos. Gira a chave pequena na fechadura. Windisch conta os dias. Windisch vai ao açude do moinho.

O açude está revolto. Tem ondas. Os vimeiros estão cobertos de folhas e vento. O celeiro de palha lança ao açude a mesma imagem transeunte de sempre. As rãs perambulam ao redor do celeiro. Arrastam as brancas barrigas na relva.

O guarda-noturno senta-se à beira do açude e é acometido por soluços. A laringe salta do casaco. "É por causa das cebolas roxas", diz. "Os russos cortam uma fina fatia no topo das cebolas. Deitam-lhes sal. Por causa do sal as cebolas se abrem como rosas. Vertem água. Uma água clara e transparente. Parecem ninfeias. Os russos esmurram-nas. Vi russos que as esmagavam com o calcanhar. Giravam o calcanhar. As russas erguiam a saia e se ajoelhavam sobre as cebolas. Giravam os joelhos. Nós, os soldados, agarrávamos as russas pelo quadril e girávamos junto com elas."

Os olhos do guarda-noturno marejaram. "Comi cebolas que os joelhos das russas tornaram doces e tenras como a manteiga", disse.

Suas bochechas estão murchas. Os olhos rejuvenescem feito o brilho da cebola.

Windisch carrega dois sacos até a beira do açude. Cobre-os com um encerado. De noite o guarda-noturno irá levá-los ao policial.

Os juncos balançam. A espuma branca cola nos talos. "Deve ser assim o vestido de brocados da bailarina", pensa Windisch. "Em minha casa não vai entrar jarro nenhum."

A mosca

A velha Kroner jaz no caixão, trajada de preto. As mãos estão atadas por cordões brancos para que não deslizem. Para que rezem quando ela chegar lá no alto, às portas do céu.

"Está tão bonita, é como se estivesse dormindo", diz a vizinha, a esquálida Wilma. Uma mosca pousa-lhe na mão. A esquálida Wilma move os dedos. A mosca pousa numa pequena mão a seu lado.

A mulher de Windisch sacode as gotas de chuva do lenço de cabeça. Cordões transparentes descem-lhe aos sapatos. Veem-se guarda-chuvas ao lado das mulheres que rezam. Fios de água erram sob as cadeiras. Serpenteiam. Brilham em meio aos sapatos.

A mulher de Windisch senta-se numa cadeira vazia ao lado da porta. Cada olho seu chora uma grande lágrima. A mosca pousa-lhe na face. A lágrima escorre sobre a mosca. Esta voa pelo quarto com a ponta das asas molhadas. Pousa na mulher de Windisch. Em seu murcho dedo indicador.

A mulher de Windisch reza e contempla a mosca. A mosca faz coçar a pele em torno da unha. "É a mesma mosca que estava embaixo do papa-figo. É a mosca que pousou na peneira de farinha", pensa a mulher de Windisch.

A mulher de Windisch encontra na reza uma passagem de grande profundidade. Suspira diante dessa passagem. Suspira de tal modo que as mãos se movem. De um modo que é sentido pela mosca que pousou na unha. De tal modo que a mosca pousada na face sai voando pelo quarto.

Zunindo baixinho, a mulher de Windisch reza um "orai por nós".

A mosca voa perto do teto. Zune um longo hino para o velório. Um hino de água da chuva. Um hino da terra como túmulo.

A mulher de Windisch ainda chora zunindo umas pequenas e torturadas lágrimas. Deixa-as escorrer pela face. Deixa-as salgar os contornos da boca.

A esquálida Wilma procura o lenço sob as cadeiras. Procura-o entre os sapatos. Entre os fios de água que escorrem dos guarda-chuvas.

A esquálida Wilma acha um rosário entre os sapatos. Seu rosto é afilado e pequeno. "De quem é o rosário?", pergunta. Ninguém olha para ela. Todos se calam. "Como saber?", suspira, "havia tanta gente." Enfia o rosário no bolso de seu longo casaco preto.

A mosca pousa sobre a face da velha Kroner. É algo de vivo sobre a pele morta. A mosca zune no canto paralisado da boca. A mosca dança no queixo enrijecido.

A chuva murmura atrás da janela. A mulher que conduz a reza pisca os olhos, como se a chuva lhe batesse no rosto. Como se lhe lavasse os olhos com a água. Como se lhe lavasse os cílios desfeitos pela reza. "Um aguaceiro desaba sobre todo o país", diz. Fecha a boca ainda enquanto fala, como se a chuva lhe fosse descer goela abaixo.

A esquálida Wilma observa a morta. "Chove apenas no Banato", diz. "Nossas chuvas vêm da Áustria e não de Bucareste."

A água reza na rua. A mulher de Windisch funga a última pequena gota de lágrima. "Os velhos dizem que se a chuva cai no caixão é porque o defunto foi uma boa pessoa", diz para as pessoas.

Sobre o caixão da velha Kroner veem-se ramalhetes de hortênsias. Murcham pesadas e roxas. A morte, vinda da pele e dos ossos daquela que jaz no caixão, carrega-as consigo. E a reza da chuva carrega-as consigo.

A mosca perambula nos botões das hortênsias sem perfume.

O padre entra pela porta. Seu passo é pesado, como se o corpo estivesse cheio de água. O padre entrega o guarda-chuva preto ao acólito e diz: "Louvado seja Jesus Cristo". As mulheres zunem, e a mosca zune.

O carpinteiro traz o tampo do caixão para o quarto.

Uma folha de hortênsia estremece. Meio roxa, meio morta, ela cai sobre as mãos cruzadas, atadas pelo cordão branco, em posição de prece. O carpinteiro põe o tampo sobre o caixão. Fecha o caixão com pregos pretos a pequenos golpes de martelo.

A carroça funerária rebrilha. O cavalo observa as árvores. O carroceiro põe o manto cinza sobre o dorso do cavalo. "O cavalo vai se resfriar", diz ao carpinteiro.

O acólito sustém o amplo guarda-chuva sobre a cabeça do padre. O padre não tem pernas. A barra da batina resvala na lama.

Windisch sente a água gargarejar nos sapatos. Conhece o prego da sacristia. Conhece o comprido prego em que a batina fica pendurada. O carpinteiro pisa numa poça. Windisch vê como o cadarço dos sapatos do carpinteiro se encharca.

"A batina preta já viu muita coisa", pensa Windisch. "Já viu o padre procurar pelas certidões de batismo, junto com as mulheres na cama de ferro." O carpinteiro pergunta algo. Windisch ouve-lhe a voz. Windisch não compreende o que o carpinteiro diz. Windisch ouve o clarinete e o bumbo, que vêm atrás.

O guarda-noturno traz uma franja feita de cordões de chuva em torno da aba do chapéu. Na carroça funerária a mortalha esvoaça. Os ramalhetes de hortênsia trepidam nos pontos esburacados da rua. Espalham pétalas na lama. A lama brilha sob as rodas. A carroça funerária gira no espelho d'água nas poças.

A música dos instrumentos de sopro é fria. O bumbo soa abafado e molhado. No vilarejo os telhados vão ao encontro da chuva.

O cemitério reluz sob as brancas cruzes de mármore. O sino pende sobre o vilarejo, com sua língua balbuciante. Numa poça Windisch vê o chapéu seguir adiante. "O açude vai se encher", pensa. "A chuva vai levar para a corrente os sacos do policial."

Há água no túmulo. A água é amarela como o chá. "Agora a velha Kroner pode beber à vontade", murmura a esquálida Wilma.

A mulher que conduz a reza pisa sobre uma margarida que está no meio do caminho entre os túmulos. O acólito sustém o guarda-chuva inclinado. O incenso desce à terra.

O padre lança um punhado de lama sobre o caixão. "Toma, terra, o que é teu. Tome Deus o que é seu", diz. O acólito entoa um longo e encharcado "Amém". Windisch lhe vê os molares.

A água do chão engole a mortalha. O guarda-noturno traz o chapéu no peito. Com a mão, aperta a borda do chapéu. O chapéu está amarrotado. O chapéu está enrolado como se fosse uma rosa preta.

O padre fecha o breviário. "No além nos veremos de novo", diz.

O coveiro é romeno. Apoia a pá no ventre. Faz o sinal da cruz nos ombros. Cospe nas mãos. Cobre o túmulo de terra.

O naipe de sopros executa uma fria peça fúnebre. A música

é desprovida de contornos. O aprendiz de alfaiate sopra sua corneta. Tem umas manchas brancas nos dedos azulados. Desliza na música. A enorme campana amarela do instrumento está junto a seu ouvido. Reluz como a campana de um gramofone. A peça fúnebre rompe-se ao cair da campana.

O bumbo resmunga. O pomo-de-adão da mulher que conduz a reza pendura-se entre as pontas do lenço de cabeça. A cova se enche de terra.

Windisch fecha os olhos. Eles doem por causa das brancas e molhadas cruzes de mármore. Doem por causa da chuva.

A esquálida Wilma sai pelo portão do cemitério. Sobre o túmulo da velha Kroner jazem montes de hortênsias rotas. O carpinteiro está ao pé do túmulo de sua mãe e chora.

A mulher de Windisch está em cima da margarida. "Venha, vamos embora", diz. Windisch caminha a seu lado sob o guarda-chuva preto. O guarda-chuva é um grande chapéu preto. A mulher de Windisch segura o chapéu pelo cabo.

O coveiro está descalço e sozinho no cemitério. Limpa as botas de borracha com a pá.

O rei dorme

Certo dia, antes da guerra, a banda de música do vilarejo se postou na estação ferroviária com um uniforme vermelho-escuro. O frontão da estação estava coberto por guirlandas de lírios e de sécias e folhas de acácia. As pessoas trajavam roupas de domingo. As crianças vestiam compridas meias brancas. Traziam pesados ramalhetes de flores que lhes tapavam a cara.

Quando o trem chegou à estação, a banda começou a tocar uma marcha. As pessoas bateram palmas. As crianças jogaram as flores para o alto.

O trem passou devagar. Um jovem estendeu seu longo braço para fora da janela e gritou: "Silêncio! Sua Majestade, o rei, está dormindo".

Quando o trem se afastou da estação, chegou um rebanho de cabras brancas que vinha dos pastos. As cabras seguiam os trilhos comendo os ramalhetes de flores.

Os músicos foram para casa, com sua marcha interrompida. As mulheres e os homens foram para casa, com os acenos interrompidos. As crianças foram para casa, de mãos abanando.

Uma menina que queria recitar um poema para o rei assim que se encerrasse a marcha e terminassem as palmas ficou sozinha, sentada na sala de espera, e chorava, ainda depois de as cabras terem comido os ramalhetes de flores.

Uma casa grande

A faxineira limpa o pó do corrimão da escada. Tem uma mancha preta na face e uma pálpebra roxa. Chora. "Ele me bateu de novo", diz.

Os ganchos onde se penduram os casacos rebrilham vazios nas paredes da antessala. Formam uma coroa farpada. As pequenas e gastas pantufas formam uma fileira retilínea sob os ganchos.

Cada uma das crianças trouxera um decalque de casa. Amalie colou as figurinhas embaixo dos ganchos.

Toda manhã cada uma das crianças procura por seu carro, seu cachorro, sua boneca, sua flor, sua bola.

Udo entra pela porta. Procura por sua bandeira. Ela é negro-rubro-dourada. Udo pendura o sobretudo no gancho que está acima de sua bandeira. Tira os sapatos. Calça as pantufas. Põe os sapatos debaixo do sobretudo.

A mãe de Udo trabalha na fábrica de chocolates. Todas as terças, traz açúcar, manteiga, cacau e chocolate para Amalie. "Udo virá mais três semanas ao jardim de infância", disse ontem a Amalie. "O pedido de passaporte foi aprovado."

A dentista empurra a filha pela porta semiaberta. A boina branca parece um borrão de neve no cabelo da menina. A menina procura por seu cachorro sob o gancho. A dentista dá a Amalie um ramalhete de cravos e uma pequena caixa. "Anca está resfriada", diz. "Dê-lhe os comprimidos às dez, por favor."

A faxineira sacode a flanela de limpeza à janela. A acácia está amarelada. Como todas as manhãs, o velho varre a calçada defronte a sua casa. A acácia sopra suas folhas ao vento.

As crianças trajam o uniforme dos falcões.[*] Blusas amarelas, calças azul-marinho e saias plissadas. "Hoje é quarta-feira", pensa Amalie. "Hoje é dia dos falcões."

As pedras da construção trepidam. As gruas zunem. Índios marcham em colunas diante das pequenas mãos. Udo constrói uma fábrica. As bonecas bebem leite nos dedos das meninas.

A fronte de Anca arde.

O hino soa através do teto da sala de aula. No andar de cima o grupo grande canta.

As pedras da construção estão empilhadas. As gruas calam-se. A coluna de índios está na borda da mesa. A fábrica não tem telhado. A boneca com o longo vestido de seda está na cadeira. Dorme. Tem uma cara rosada.

Diante da mesa do professor as crianças formam um semicírculo, agrupadas de acordo com a altura. Espalmam a mão nas coxas. Levantam o queixo. Os olhos arregalam-se úmidos. Cantam alto.

Os meninos e meninas são pequenos soldados. O hino tem sete estrofes.

Amalie põe o mapa da Romênia na parede.

---

[*] Na Romênia de Nicolae Ceauşescu havia a organização infantojuvenil os "Falcões da Pátria". Nas festas cívicas as crianças vestiam o chamado "uniforme do falcão". (N. T.)

"Toda criança mora num edifício de apartamentos ou numa casa", diz Amalie. "Toda casa tem cômodos. Todas as casas juntas formam uma grande casa. Essa casa grande é nosso país. Nossa pátria."

Amalie aponta para o mapa. "Esta é nossa pátria", diz ela. Com a ponta do dedo procura pelos pontos negros no mapa. "Estas são as cidades de nossa pátria", diz Amalie. "As cidades são os cômodos dessa grande casa, de nossa pátria. Em nossas casas moram nossos pais e nossas mães. Eles são nossos pais. Toda criança tem pais. Assim como nosso pai é o pai na casa em que moramos, o camarada Nicolae Ceaușescu é o pai de nossa pátria. E assim como nossa mãe é a mãe na casa em que moramos, a camarada Elena Ceaușescu é a mãe de nossa pátria. O camarada Nicolae Ceaușescu é o pai de todas as crianças. E a camarada Elena Ceaușescu é a mãe de todas as crianças. Todas as crianças amam o camarada e a camarada porque são seus pais."

A faxineira coloca um cesto de lixo vazio ao lado da porta. "Nossa pátria chama-se República Socialista da Romênia", diz Amalie. "O camarada Nicolae Ceaușescu é o secretário-geral de nossa pátria, a República Socialista da Romênia."

Um menino se ergue. "Meu pai tem um globo terrestre em casa", diz. Com as mãos esboça a forma do globo. Bate no vaso de flores. Os cravos ficam na água. O menino molha sua blusa de falcão.

Há cacos de vidro na mesinha à frente. Ele chora. Amalie afasta a mesinha. Não lhe é permitido gritar. O pai de Claudiu é gerente do açougue da esquina.

Anca encosta a cara na mesa. "Quando a gente vai para casa?", pergunta em romeno. O alemão passa por sua cabeça, flutuando pesadamente. Udo constrói um telhado. "Meu pai é o secretário-geral de nossa casa", diz.

Amalie olha para as folhas amarelas da acácia. Como faz

todos os dias, o velho põe-se à janela. "Dietmar vai comprar ingressos para o cinema", pensa Amalie.

Os índios marcham no chão. Anca engole os comprimidos.

Amalie encosta-se na guarnição da janela. "Quem recita um poema?", pergunta.

"Conheço um país com montanhas/ Em cujos cimos o dia amanhece,/ Em cujas matas, como as ondas do mar,/ A primavera sopra e nos dá vida."

Claudiu fala bem alemão. Claudiu levanta o queixo. Claudiu fala alemão com a voz de um adulto que encolheu.

Dez *lei*

A pequena cigana do vilarejo vizinho espreme o avental verde-claro. A água escorre-lhe pelas mãos. A trança de cabelos desce do meio da cabeça até os ombros. Uma fita vermelha entrelaça-se nela. Sai, feito uma língua, pela ponta da trança. A pequena cigana está diante dos tratoristas, descalça e com os pés enlameados.

Os tratoristas trazem pequenos chapéus molhados. Suas mãos encardidas estão postas sobre a mesa. "Mostre-me", diz um deles. "Eu lhe dou dez *lei*." Põe dez *lei* na mesa. Os tratoristas riem. Os olhos brilham. As faces estão vermelhas. Os olhares tateiam a saia comprida e florida. A cigana ergue a saia. O tratorista esvazia o copo. A cigana apanha a nota de dinheiro de cima da mesa. Enrola a trança no dedo e ri.

Windisch sente o cheiro de aguardente e suor da mesa vizinha. "Eles vestem os coletes de pele durante todo o verão", diz o carpinteiro. Seu polegar tem espuma de cerveja. Enfia o dedo indicador no copo. "O porcalhão aí do lado sopra as cinzas na minha cerveja", diz. Olha o romeno que está atrás dele. O romeno tem o cigarro no canto da boca. O cigarro está molhado de saliva. Ri. "Chega de alemão", diz em alemão. E então, em romeno: "Aqui é a Romênia".

O carpinteiro assume um ar impaciente. Levanta o copo e o esvazia. "Logo vocês estarão livres de nós", grita. Faz um sinal ao taberneiro, que está junto à mesa dos tratoristas. "Outra cerveja", diz.

O carpinteiro limpa a boca com o dorso da mão. "Você já foi ao jardineiro?", pergunta. "Não", diz Windisch. "Você sabe onde é?", pergunta o carpinteiro. Windisch assente com a cabeça. "Fica no subúrbio." "Em Fratelia, na rua Enescu", diz o carpinteiro.

A pequena cigana puxa a fita vermelha de sua trança. Ri e vira-se. Windisch vê suas panturrilhas. "Quanto?", pergunta. "Quinze mil por pessoa", diz o carpinteiro. Apanha o copo de cerveja da mão do taberneiro. "É uma casa térrea. À esquerda ficam as estufas de vidro. Se o carro vermelho estiver no pátio é porque a casa está aberta. No pátio há um sujeito que corta lenha. Ele o levará para dentro", diz o carpinteiro. "Não toque a campainha. Quando alguém toca a campainha, o cortador de lenha desaparece. Não abre mais."

Os homens e as mulheres que estão no canto da taberna bebem de uma garrafa. Um homem, com um chapéu de veludo preto e amarrotado, segura uma criança nos braços. Windisch vê a sola dos pés pequenos e descalços da criança. A criança estende as mãos para a garrafa. Abre a boca. O homem põe-lhe o gargalo na boca. A criança fecha os olhos e bebe. "Beberrão", diz o homem. Tira a garrafa e ri. A mulher a seu lado come uma casca de pão. Mastiga e bebe. Dentro da garrafa agitam-se brancas migalhas de pão.

"Fedem a estábulo", diz o carpinteiro. Há um longo fio de cabelo castanho em seu dedo.

"Trabalham na ordenha", diz Windisch.

As mulheres cantam. A criança cambaleia diante delas e puxa-lhes as saias.

"Hoje é dia de pagamento", diz Windisch. "Vão beber por três dias. E então vão ficar lisos de novo."

"A mulher do estábulo com o lenço de cabeça azul mora atrás do moinho", diz Windisch.

A pequena cigana ergue a saia. O coveiro está de pé, junto a sua pá. Mete a mão no bolso. Dá-lhe dez *lei*.

A mulher do estábulo com o lenço de cabeça azul canta e vomita na parede.

O tiro

As mangas da blusa da motorneira estão arregaçadas. Ela come uma maçã. O ponteiro de segundos saltita em seu relógio. Passa das cinco. O bonde chia.

Uma criança empurra Amalie contra a mala de uma velha senhora. Amalie aperta o passo.

Dietmar está à entrada do parque. Sua boca arde nas faces de Amalie. "Temos tempo", diz. "Os ingressos são para as sete horas. Os ingressos para a sessão das cinco se esgotaram."

O banco está frio. Uns homenzinhos atravessam o gramado carregando cestos de vime cheios de folhas secas.

A língua de Dietmar é cálida. Arde na orelha de Amalie. Amalie fecha os olhos. Em sua cabeça a respiração de Dietmar é maior que as árvores. A mão dele é fria sob sua blusa.

Dietmar fecha a boca. "Fui convocado para o serviço militar", diz. "Meu pai trouxe a mala pra mim."

Amalie afasta a boca dele de sua orelha. Põe-lhe a mão na boca. "Vamos para a cidade", diz, "estou com frio."

Amalie encosta-se em Dietmar. Sente seus passos. Aninha-se em seu casaco como se fosse um ombro.

Um gato está deitado na vitrine. Dorme. Dietmar bate no vidro. "Tenho de comprar meias de lã", diz. Amalie come um croissant. Dietmar solta uma baforada de fumo na cara de Amalie. "Venha", diz Amalie, "vou lhe mostrar meu jarro."

A bailarina levanta o braço sobre a cabeça. O longo vestido branco está imóvel atrás do vidro.

Dietmar abre uma porta de madeira ao lado da vitrine. Por trás da porta há um corredor escuro. A escuridão recende a cebolas podres. Junto à parede perfilam-se três latas de lixo, como grandes latas de conserva.

Dietmar empurra Amalie contra uma das latas. A tampa faz barulho. Amalie sente o duro membro de Dietmar em seu ventre. Agarra-se a seus ombros com força. Uma criança fala no pátio interno.

Dietmar fecha a braguilha. Ouve-se música que vem de uma pequena janela nos fundos do pátio.

Amalie vê os sapatos de Dietmar adiantando-se na fila. Uma mão rasga os ingressos. A lanterninha veste um lenço de cabeça preto e um vestido preto. Apaga a lanterna. As espigas de milho são despejadas no reboque do trator pela longa garganta da ceifadeira. O trailer chega ao fim.

Dietmar deita a cabeça no ombro de Amalie. Letras vermelhas crescem na tela: *Piratas do século XX*. Amalie põe a mão no joelho de Dietmar. "Filme russo, de novo", sussurra. Dietmar levanta a cabeça. "Pelo menos é colorido", diz no ouvido dela.

Uma água esverdeada estremece. Matas verdes projetam sua imagem sobre a costa. O convés do navio é largo. Uma bela mulher apoia as mãos na amurada do navio. Seu cabelo esvoaça como folhas ao vento.

Dietmar aperta os dedos de Amalie em sua mão. Olha para a tela. A bela mulher fala.

"Não nos veremos mais", diz ele. "Vou prestar o serviço militar e você vai emigrar." Amalie contempla as faces de Dietmar. Movem-se. Falam. "Ouvi dizer que Rudi espera por você", diz Dietmar.

Na tela abre-se uma mão. Entra no bolso do casaco. Na tela vê-se um polegar e um indicador. No meio deles vê-se um revólver.

Dietmar fala. Amalie ouve o tiro por trás de sua voz.

A água não tem descanso

"A coruja está paralisada", diz o guarda-noturno. "Um dia fúnebre e um aguaceiro são demais também para ela. Se ela não vir a lua hoje, jamais voará novamente. Se vier a morrer, a água federá."

"As corujas não têm descanso e a água não tem descanso", diz Windisch. "Se ela morrer, outra coruja virá ao vilarejo. Uma nova, estúpida, que desconhece o lugar. Pousará em todos os telhados."

O guarda-noturno contempla a lua. "Gente jovem vai morrer de novo", diz. Windisch nota que o ar diante de sua cara pertence ao guarda-noturno. Sobra-lhe um resto de voz para uma frase cansada. "Será de novo como na guerra", diz.

"As rãs coaxam no moinho", diz o guarda-noturno.

O cachorro enlouquece com elas.

O galo cego

A mulher de Windisch está sentada à beira da cama. "Hoje apareceram dois homens", diz. "Contaram as galinhas e anotaram a quantidade. Pegaram oito galinhas e levaram-nas embora. Colocaram-nas em gaiolas de arame. O reboque do trator estava cheio de galinhas." A mulher de Windisch suspira. "Assinei o papel", diz. "Subscrevi também quatrocentos quilos de milho e cem quilos de batata. Disseram que vêm buscar mais tarde. Os cinquenta ovos, entreguei na hora. Eles foram aos canteiros, com botas de borracha. Viram os trevos em frente ao celeiro. Disseram que, no ano que vem, teremos de plantar beterraba-branca ali."

Windisch levanta a tampa da panela. "E os vizinhos?", pergunta. "Não foram lá", diz a mulher de Windisch. Ela se deita na cama e se cobre. "Disseram que os vizinhos têm oito filhos e que nós temos só uma filha, que ganha seu dinheiro."

Na panela há fígado e sangue. "Tive de sacrificar o galo branco", diz a mulher de Windisch. "Os dois homens andaram pelo pátio. O galo ficou assustado. Voou contra a cerca e bateu a cabeça. Quando foram embora, estava cego."

Na panela anéis de cebola boiam na gordura. "E você havia falado em conservar o galo branco para que no próximo ano tivéssemos grandes galinhas brancas", diz Windisch. "E você havia dito que tudo o que é branco é sensível. E você tinha razão", diz a mulher de Windisch.

O armário range.

"No caminho para o moinho, parei e desci ao pé da cruz dos heróis", diz Windisch, no escuro. "Queria ir à igreja e rezar. A igreja estava trancada. Achei que isso era mau sinal. Santo Antônio está logo atrás da porta. Seu grande livro é marrom. Parece um passaporte."

No ar quente e escuro do quarto Windisch sonha que o céu se abre. As nuvens se afastam do vilarejo. Um galo branco passa voando no céu limpo. Bate a cabeça num choupo seco que se ergue no prado. Deixa de enxergar. Está cego. Windisch está ao pé de um campo de girassóis. Brada: "O pássaro está cego". O eco de sua voz retorna com a voz de sua mulher. Windisch vai para o meio do campo de girassóis e grita: "Não procuro você, pois sei que não está aqui".

O carro vermelho

A cabana de madeira é um quadrado negro. Do tubo de lata sai uma fumaça rastejante. Rasteja até a terra úmida. A porta da cabana está aberta. No interior da cabana um homem com paletó de trabalho azul está sentado num banco de madeira. Sobre a mesa vê-se uma caneca de ferro. Ela fumega. O homem olha para Windisch.

O canal está descoberto. Um homem está dentro do canal. Windisch vê-lhe o chapéu despontar acima do nível do chão. Windisch caminha passando por ele. O homem olha para Windisch.

Windisch enfia as mãos nos bolsos do sobretudo. Sente o maço de dinheiro no bolso interno do casaco.

As estufas de vidro ficam no lado esquerdo do pátio. Os vidros estão embaçados. O vapor condensado devora a ramagem. As rosas ardem rubras nessa névoa. O carro vermelho está no pátio. Ao lado do carro veem-se achas de lenha. Na parede da casa há uma pilha de madeira cortada. O machado está ao lado do carro.

Windisch caminha devagar. Amassa o bilhete do bonde no bolso do sobretudo. Nos sapatos sente o asfalto molhado.

Windisch olha para os lados. O cortador de lenha não está no pátio. A cabeça com o capacete amarelo olha para Windisch.

A cerca termina. Windisch ouve vozes na casa mais próxima. Um anão de jardim arrasta um ramalhete de hortênsias. Tem um capuz vermelho. Um cachorro muito branco corre em círculos e late. Windisch observa a rua. Os trilhos do bonde findam no vazio. Entre os trilhos cresce a grama. Ela tem as folhas pretas de óleo, é mirrada e triste pelo chiado do bonde e pelo ribombar dos trilhos.

Windisch dá meia-volta. A cabeça com o capacete amarelo desaparece no canal. O homem com o paletó de trabalho azul encosta uma vassoura na parede da cabana. O anão de jardim tem um avental verde. O ramalhete de hortênsias treme. O cachorro muito branco está parado junto à cerca e se cala. O cachorro muito branco olha para Windisch.

A fumaça evola pela tubulação de lata da cabana. O homem com o paletó de trabalho azul tira a lama do lado de fora da barraca. Olha para Windisch.

As janelas da casa estão fechadas. As cortinas brancas ofuscam os olhos. Sobre a cerca esticam-se dois fios de arame farpado presos a uns ganchos enferrujados. A pilha de madeira tem as pontas brancas. Acabou de ser cortada. O fio do machado rebrilha. O carro vermelho está no meio do pátio. As rosas florescem em meio à névoa.

Windisch passa novamente pelo homem com o capacete amarelo.

O arame farpado termina. O homem com o paletó de trabalho azul está sentado no interior da cabana. Olha para Windisch.

Windisch dá meia-volta. Está diante da porta.

Windisch abre a boca. A cabeça com o capacete amarelo aparece acima do nível do chão. Windisch sente frio. Sua boca não tem voz.

O bonde murmura. Suas janelas estão embaçadas. O motorneiro olha para Windisch.

A campainha está na ombreira da porta. Tem um botão branco. Windisch aperta-o. Soa em seu dedo. Soa no pátio. Soa ao longe na casa. Por trás das paredes o sonido emerge abafado como se estivesse enterrado.

Windisch aperta o botão branco quinze vezes. Windisch conta. Os tons estridentes em seu dedo, os tons estridentes no pátio, os tons enterrados na casa misturam-se.

O jardineiro está enterrado no vidro, na cerca, nas paredes.

O homem com o paletó de trabalho azul lava a caneca de ferro. Olha. Windisch passa pelo homem com o capacete amarelo. Windisch segue na direção dos trilhos, com o dinheiro no casaco.

O asfalto dói nos pés de Windisch.

A senha

Windisch volta do moinho para casa. O meio-dia é maior que o vilarejo. O sol cresta sua trajetória celeste. A valeta está seca e rachada.

A mulher de Windisch varre o pátio. A areia em torno dos dedos dos pés parece água. Em torno da vassoura formam-se círculos de ondas que não se movem. "É verão ainda e as acácias já estão amarelando", diz a mulher de Windisch. Windisch desabotoa a camisa. "Será um inverno duro", diz, "as árvores estão secando em pleno verão."

As galinhas reviram a cabeça sob as asas. Com os bicos procuram a própria sombra, que não refresca. Os porcos pintados do vizinho remexem as cenouras selvagens que crescem brancas junto à cerca dos fundos. Windisch olha através do aramado. "Não dão de comer aos porcos", diz. "Corja de valáquios. Não sabem sequer alimentar os porcos."

A mulher de Windisch segura a vassoura diante do ventre. "Eles precisavam de argolas no focinho", diz. "Vão acabar revirando a casa toda antes de o inverno chegar."

A mulher de Windisch leva a vassoura ao galpão. "A carteira passou por aqui", diz. "Arrotava e fedia a aguardente. 'O policial manda agradecer pela farinha', ela disse, 'e Amalie deve comparecer à audiência no domingo de manhã. Deve trazer o requerimento e cerca de sessenta *lei* em selos'."

Windisch morde os lábios. A cavidade bucal aumenta e fica enorme, bate na testa. "Pra que o agradecimento?", pergunta.

A mulher de Windisch levanta a cabeça. "Eu sabia", diz, "que você não iria longe com essa sua farinha." "Longe o suficiente", grita Windisch no pátio, "para a sua filha servir de colchão." Cospe na areia: "Diabos, mais essa vergonha". Seu queixo tem uma gota de saliva.

"Xingando você também não vai muito longe", diz a mulher de Windisch. As maçãs do rosto são duas pedras vermelhas. "Agora não se trata de vergonha", ela diz, "trata-se do passaporte."

Windisch fecha a porta do galpão com um soco. "Você certamente sabe do que fala", grita, "foi na Rússia que você aprendeu a lição. Lá também não se tratava de vergonha."

"Você é um porco", grita a mulher de Windisch. A porta do galpão vai e volta, como se o vento habitasse a madeira. A mulher de Windisch leva o dedo à boca. "Quando o policial notar que nossa Amalie ainda é virgem, perderá o desejo", diz.

Windisch ri. "Virgem como você foi no cemitério, naquela vez, depois da guerra", diz. "Na Rússia as pessoas passavam fome e você viveu como prostituta. E depois disso você continuaria a viver como prostituta se eu não me tivesse casado com você."

A mulher de Windisch fica de queixo caído. Ergue a mão. Estica o dedo indicador. "Para você, ninguém presta", grita, "porque você mesmo não presta e não vai bem da cabeça." Sai andando pela areia com seus calcanhares gastos.

Windisch vai ao encalço dela. Ela se detém na varanda. Ergue o avental e limpa com ele a mesa vazia. "Na casa do jardineiro você fez algo de errado", diz. "Todo mundo entra lá. Todo mundo se preocupa com o passaporte. Só você é que não, por ser tão inteligente e honrado."

Windisch vai ao vestíbulo. A geladeira zune. "Faltou energia por toda a manhã", diz a mulher de Windisch. "A geladeira se descongelou. A carne vai apodrecer se isso continuar assim."

Sobre a geladeira vê-se um envelope. "A carteira trouxe uma carta", diz a mulher de Windisch. "O peleiro escreveu."

Windisch lê a carta. "Rudi não é mencionado na carta", diz Windisch. "Deve estar de novo no sanatório."

A mulher de Windisch olha para o pátio. "Manda lembranças para Amalie. Por que não escreve diretamente a ela?"

"Esta frase foi ele que escreveu", diz Windisch. "Esta frase com o 'PS'." Windisch põe a carta sobre a geladeira.

"O que significa 'PS'?", pergunta a mulher de Windisch.

Windisch dá de ombros. "Antigamente significava 'pronto--socorro'", diz. "Deve ser uma senha."

A mulher de Windisch está na soleira. "É isso o que acontece quando os filhos vão para a escola", suspira.

Windisch está no pátio. O gato está deitado nas pedras do chão. Dorme. Está agasalhado pelo sol. A cara está morta. A barriga mantém uma débil respiração sob o pelo.

Windisch observa a casa do peleiro, que se ergue lá adiante, ao meio-dia. Ela tem o brilho amarelo do sol.

A casa de oração

"A casa do peleiro se converterá em casa de oração para os valáquios batistas", diz o guarda-noturno a Windisch, diante do moinho. "Essa gente de chapéu pequeno são os batistas. Uivam quando oram. E as mulheres gemem quando cantam hinos religiosos, como se estivessem na cama. Arregalam os olhos feito o meu cachorro."

O guarda-noturno sussurra, embora apenas Windisch e o cachorro estejam à beira do açude. Observa a noite para se certificar de que uma sombra, que vê e ouve, não esteja se aproximando. "Entre eles só há irmãos e irmãs", diz. "Copulam em seus dias de festa. Com o primeiro que fisgarem no escuro."

O guarda-noturno observa um rato-d'água. O rato guincha com voz de criança e se lança ao juncal. O cão não ouve o sussurro do guarda-noturno. Ergue-se na beira do rio e late para o rato. "Fazem isso no tapete da casa de oração", diz o guarda-noturno. "Por isso têm tantos filhos."

No nariz e na testa Windisch sente uma constipação ardente e salgada provocada pela água do açude e pelo sussurro do guarda-noturno. E na língua Windisch tem um buraco de perplexidade e mudez.

"Essa religião vem dos Estados Unidos", diz o guarda-noturno. Windisch respira através da constipação salgada. "Do outro lado do oceano."

"O demônio também atravessa as águas", diz o guarda-noturno. "Eles têm o demônio no corpo. Meu cachorro também não suporta essa gente. Late para eles. Os cães têm faro para o demônio."

O buraco na língua de Windisch fecha-se lentamente. "O peleiro sempre disse", diz Windisch, "que nos Estados Unidos os judeus estão no comando." "Sim", diz o guarda-noturno, "os judeus arruínam o mundo. Os judeus e as mulheres."

Windisch assente com a cabeça. Pensa em Amalie. "Todo sábado, quando ela vem para casa", pensa, "tenho de vê-la andar com os pés virados para o lado."

O guarda-noturno come a terceira maçã verde. O bolso do casaco está cheio de maçãs verdes. "Essa história sobre as mulheres na Alemanha é verdadeira", diz Windisch. "O peleiro escreveu sobre isso. As piores daqui valem mais do que as melhores de lá."

Windisch contempla as nuvens. "Lá as mulheres andam sempre na última moda", diz Windisch. "Se pudessem, andavam nuas pela rua. Na escola as crianças já leem revistas com mulheres nuas, escreve o peleiro."

O guarda-noturno remexe as maçãs verdes no bolso. O guarda-noturno cospe o pedaço que tem na boca. "Desde que esse aguaceiro começou, as maçãs estão bichadas", diz. O cachorro lambe o pedaço de maçã cuspido. Come o verme.

"Tem alguma coisa errada com o verão", diz Windisch. "Minha mulher varre o pátio todos os dias. As acácias estão secando. Em nosso pátio não restou uma única com folhas. No pátio dos valáquios restaram três. Ainda não se desfolharam. E em nosso pátio, todos os dias, há tantas folhas amarelas que dá para encher a copa de dez árvores. Minha mulher não sabe de onde vem tanta folha. Nosso pátio nunca viu tanta folha seca." "É o vento que traz", diz o guarda-noturno. Windisch tranca a porta do moinho.

"Não há vento", diz. O guarda-noturno estica o dedo no ar: "Sempre há vento, mesmo quando a gente não sente".

"Na Alemanha o mato também está secando no meio do ano", diz Windisch.

"O peleiro escreveu contando isso", diz. Contempla o céu amplo e baixo. "Eles se instalaram em Stuttgart. Rudi está noutra cidade. O peleiro não disse qual. O peleiro e a mulher receberam da assistência social um apartamento com três cômodos. Têm uma cozinha com mesa e assentos de canto e um banheiro com paredes espelhadas."

O guarda-noturno ri. "Um sujeito envelhece e ainda tem vontade de se ver nu no espelho", diz.

"Vizinhos ricos doaram móveis para eles", diz Windisch. "E um aparelho de TV. Ao lado mora uma mulher que vive só. 'A velha é uma senhora cheia de melindres', escreve o peleiro. 'Não come carne. Morre se comer, diz ela'."

"Vivem na abundância", diz o guarda-noturno. "Deviam vir à Romênia; iam comer qualquer coisa."

"O peleiro recebe uma bela aposentadoria", diz Windisch. "A mulher é arrumadeira num asilo de idosos. Come-se bem no asilo. Quando um dos velhos aniversaria, tem dança."

O guarda-noturno ri. "Eu adoraria isso", diz. "Boa comida e um punhado de moças." Morde a maçã. As brancas sementes caem-lhe no casaco. "Não sei", diz, "não consigo me decidir por me cadastrar."

No rosto do guarda-noturno Windisch vê o tempo parado. Windisch vê o fim nas faces do guarda-noturno e, além do fim, vê que o guarda-noturno vai ficar.

Windisch observa a relva. Seus sapatos estão brancos de farinha. "Depois de começada", diz, "a coisa anda por si mesma."

O guarda-noturno suspira. "Quando a gente é sozinho, é difícil", diz. "Isso demora e a gente fica mais velho, e não mais moço."

Windisch põe a mão na perna. A mão está fria e a coxa está quente. "Aqui fica cada dia pior", diz. "Eles nos tomam as galinhas, os ovos. Tomam-nos até o milho que mal cresceu. Ainda vão tomar de você a casa e o pátio."

A lua está bem grande. Windisch ouve os ratos que se movem na água. "Sinto o vento", diz. "As juntas das pernas doem. Logo vai chover."

O cachorro está perto do celeiro de palha e late. "O vento que vem do vale não traz a chuva", diz o guarda-noturno, "apenas nuvens e poeira." "Talvez venha uma tempestade", diz Windisch, "que de novo vai arrancar os frutos das árvores."

A lua cobriu-se de vermelho.

"E Rudi?", pergunta o guarda-noturno.

"Está mais calmo", diz Windisch. Sente a mentira a lhe arder nas faces. "Na Alemanha não há tanto cristal como aqui. O peleiro diz que devemos levar os nossos cristais. A louça e as penas para o travesseiro. O damasco e a roupa de baixo não, escreve. Há montes deles por lá. As peles são muito caras. As peles e os óculos."

Windisch mordisca uma folha de capim. "O começo não é fácil", diz Windisch.

O guarda-noturno cutuca o molar com a ponta do dedo. "Em qualquer parte do mundo a gente tem de trabalhar", diz.

Windisch enrola o dedo com a folha de capim: "'Uma coisa é difícil', escreve o peleiro. 'É uma doença que a gente conhece dos tempos de guerra: a saudade de casa.'".

O guarda-noturno segura uma maçã na mão. "Eu não teria

nenhuma saudade", diz. "Lá a gente convive apenas com alemães."

Windisch dá uns nós na folha de capim. "Lá há mais povos estrangeiros do que aqui", conta o peleiro. "Lá há turcos e negros. Eles se reproduzem rapidamente", diz Windisch.

Windisch passa a folha de capim entre os dentes. A folha está fria. A gengiva está fria. Windisch sustenta o céu na boca. O vento e o céu da noite. A folha de capim parte-se entre os dentes.

A borboleta-da-couve

Amalie está de pé diante do espelho. Veste uma combinação cor-de-rosa. Abaixo do umbigo o tecido é de renda branca. Olhando pelos orifícios da renda, Windisch vê a pele do joelho de Amalie. O joelho de Amalie tem uma fina penugem. O joelho é branco e redondo. No espelho Windisch vê o joelho de Amalie mais uma vez. Vê fundirem-se os orifícios do tecido rendado.

Os olhos da mulher de Windisch estão no espelho. Nos olhos de Windisch um rápido movimento de abrir e fechar as pálpebras traz-lhe os orifícios até as têmporas. No canto do olho de Windisch salta uma veia vermelha. Ela rasga a renda. O olho de Windisch revira o rasgo na pupila.

A janela está aberta. As folhas da macieira colam nas vidraças.

Os lábios de Windisch ardem. Dizem algo. O que dizem é apenas uma conversa consigo mesmo e que escapa no quarto. É dirigida à própria cabeça.

"Fala sozinho", diz no espelho a mulher de Windisch.

Pela janela uma borboleta-da-couve voa para dentro do quarto. Windisch olha para ela. Seu voo é farinha e vento.

No espelho aparece a mulher de Windisch. Seus dedos murchos ajustam as alças da combinação nos ombros de Amalie.

A borboleta-da-couve esvoaça sobre o pente de Amalie. Amalie passa o pente no cabelo, com o braço muito estendido. Sopra sobre a borboleta e sua farinha. O inseto pousa no espelho. No vidro do espelho ele cambaleia sobre o ventre de Amalie.

A mulher de Windisch aperta o vidro com a ponta do dedo. Esmaga a borboleta-da-couve na lâmina do espelho.

Amalie borrifa duas grandes nuvens sob as axilas. As nuvens escorrem das axilas até a combinação. O tubo de spray é preto. No tubo, em letras verde-claras, lê-se *Primavera Irlandesa*.

A mulher de Windisch pendura um vestido vermelho no encosto da cadeira. Sob a cadeira, coloca um par de sandálias brancas de salto alto e tiras delgadas. Amalie abre sua bolsa de mão. Com a ponta do dedo passa sombra nas pálpebras. "Não tão berrante", diz a mulher de Windisch, "senão tem falatório." Sua orelha está no espelho. É grande e pálida. As pálpebras de Amalie adquiriram um tom azul-claro. "Já basta", diz a mulher de Windisch. O rímel de Amalie é feito de fuligem. Amalie põe a cara bem perto do espelho. Seu abrir de olhos é de vidro.

Da bolsa de Amalie uma cartela de comprimidos cai no tapete. Está cheio de biquinhos brancos e redondos. "O que você tem aí?", pergunta a mulher de Windisch. Amalie se abaixa e põe a cartela na bolsa. "As pílulas", diz. Gira o invólucro preto do batom.

A mulher de Windisch põe as maçãs do rosto no espelho. "Pra que você precisa de pílulas?", pergunta, "você não está doente."

Amalie põe o vestido vermelho pela cabeça. A testa desponta pela gola branca. Com os olhos sob o vestido, diz Amalie: "Tomo-as como precaução".

Windisch põe as mãos nas têmporas. Sai do quarto. Senta-se

à mesa vazia na varanda. O quarto está escuro. Há um buraco de sombra na parede. O sol crepita nas árvores. Apenas o espelho brilha. No espelho está a boca vermelha de Amalie.

Em frente à casa do peleiro passam mulheres pequenas e velhas. A sombra dos lenços pretos de cabeça segue à frente. A sombra entrará na igreja à frente das mulheres pequenas e velhas.

Amalie caminha sobre saltos brancos nas pedras do piso. Segura a folha do requerimento que, dobrada em quatro, parece uma carteira branca. O vestido vermelho se agita em torno das panturrilhas. A primavera irlandesa voa pelo pátio. Sob a macieira o vestido de Amalie fica mais escuro que ao sol.

Windisch observa o modo como Amalie, ao andar, vira a ponta dos pés para os lados.

Uma mecha dos cabelos de Amalie passa voando pelo portão da rua. O portão se fecha subitamente.

Missa solene

A mulher de Windisch está no pátio, atrás da parreira de uvas pretas. "Você não vai à missa solene?", pergunta. As uvas crescem-lhe nos olhos. As folhas verdes crescem-lhe no queixo.

"Não saio de casa", diz Windisch, "não quero que me digam: agora é a vez de sua filha."

Windisch põe os cotovelos na mesa. As mãos estão pesadas. Windisch apoia a cara nas mãos pesadas. A varanda não cresce. É dia claro. A varanda se desloca por um instante para um lugar onde jamais esteve. Windisch sente o baque. Carrega uma pedra nas costelas.

Windisch fecha os olhos. Sente o globo ocular nas mãos. Os olhos sem o rosto.

Com os olhos nus e a pedra nas costelas, Windisch diz em voz alta: "O homem é um grande faisão no mundo". O que Windisch ouve não é sua própria voz. Sente a boca nua. E as paredes falaram.

A bola ardente

Os porcos pintados do vizinho estão deitados em meio às cenouras selvagens e dormem. As mulheres negras vêm da igreja. O sol brilha. Ergue-as na calçada, com seus sapatos pretos. Elas têm as mãos amolecidas de tanto rezar o terço. Seu olhar ainda está transfigurado pela reza.

Sobre o telhado do peleiro os sinos da igreja anunciam o meio do dia. O sol é o grande relógio sobre o soar do meio-dia. A missa solene chegou ao fim. O céu abrasa.

A calçada atrás das mulheres pequenas e velhas está vazia. O olhar de Windisch percorre a fileira de casas. Vê o fim da rua. "Amalie devia ter chegado", pensa. Veem-se gansos na relva. São brancos como as brancas sandálias de Amalie.

A lágrima está no armário. "Amalie não a encheu", pensa Windisch. "Amalie nunca está em casa quando chove. Está sempre na cidade."

A calçada move-se na luz. Os gansos velejam no ar. Têm lenços brancos nas asas. As sandálias brancas de Amalie não andam pelas ruas do vilarejo.

A porta do armário range. A garrafa ri disfarçadamente. Windisch tem uma bola úmida que lhe faz arder a língua. A bola desce-lhe pela garganta. Uma chama queima nas têmporas de Windisch. A bola se dissolve. Estende fios quentes na fronte de Windisch. Cria sulcos tortuosos feito riscas no cabelo.

O boné do policial gira na borda do espelho. As dragonas reluzem. Os botões do casaco azul crescem no meio do espelho. Sobre o casaco do policial aparece o rosto de Windisch.

Por uma vez o rosto de Windisch apresenta-se grande e sobranceiro sobre o casaco. Por duas vezes o rosto de Windisch apoia-se pequeno e desanimado sobre as dragonas. O policial ri por entre as bochechas de Windisch, no rosto grande e sobranceiro de Windisch. Diz com os lábios úmidos: "Com sua farinha você não vai longe".

Windisch ergue o punho. O casaco do policial se faz em pedaços. O rosto grande e sobranceiro de Windisch tem uma mancha de sangue. Windisch golpeia e mata ambas as caras pequenas e desanimadas que estão sobre as dragonas.

Calada, a mulher de Windisch recolhe os restos do espelho.

O chupão

Amalie está à porta do quarto. Há manchas vermelhas nos cacos. O sangue de Windisch é mais vermelho que o vestido de Amalie.

Um último bafejo da primavera irlandesa emana das panturrilhas de Amalie. O chupão no pescoço de Amalie é mais vermelho que o vestido. Amalie tira as sandálias brancas. "Venha comer", diz a mulher de Windisch.

A sopa fumega. Amalie senta-se em meio à névoa. Segura a colher com as rubras pontas dos dedos. Olha a sopa. O vapor move-lhe os lábios. Sopra. Em meio à nuvem cinzenta a mulher de Windisch senta-se suspirosa diante do prato.

As folhas das árvores murmuram na janela. "Voam para o pátio", pensa Windisch. "Dez copas de árvore voam para o pátio."

Windisch passa os olhos pela concha do ouvido de Amalie. A concha é uma parte de seu olhar. Está avermelhada e enrugada feito uma pálpebra.

Windisch engole um macarrão branco e tenro. O macarrão

cola na garganta. Windisch põe a colher na mesa e tosse. Os olhos se enchem de lágrima.

Windisch vomita a sopa na sopa. A boca está amarga. Incha até a fronte. A sopa no prato turvou-se com a sopa vomitada.

Windisch vê um amplo pátio na sopa do prato. No pátio faz uma noite de verão.

A aranha

Num sábado à noite até o domingo, Windisch dançou com Barbara ao lado da enorme campana do gramofone. No compasso da valsa, falaram da guerra.

Sob o marmeleiro tremulava a chama de uma lamparina a querosene. Ela estava em cima de uma cadeira.

Barbara tinha o pescoço delgado. Windisch dançou com seu pescoço delgado. Barbara tinha uma boca pálida. Windisch prendia-se à sua respiração. Balançava. O balanço era uma dança.

Uma aranha caiu do marmeleiro no cabelo de Barbara. Windisch não viu a aranha. Achegou-se ao ouvido de Barbara. Ouvia a música que vinha da campana através de sua trança negra e espessa. Sentia o toque duro do prendedor de cabelo.

Diante da lamparina, verdes folhas de trevo reluziam nos lóbulos das orelhas de Barbara. Barbara girava. O giro era uma dança.

Barbara sentiu a aranha na orelha. Assustou-se. Barbara gritou: "Vou morrer".

O peleiro dançava na areia. Passou por ali dançando. Ria.

Tirou a aranha da orelha de Barbara. Jogou-a na areia. Pisou-a com o sapato. O pisão era uma dança.

Barbara encostou-se no marmeleiro. Windisch segurou-lhe a cabeça.

Barbara levou a mão à orelha. A verde folha de trevo não estava na orelha. Barbara não a procurou. Barbara não dançou mais. Chorava. "Não choro por causa do brinco", disse.

Mais tarde, vários dias depois, Windisch e Barbara sentaram--se num banco do vilarejo. Barbara tinha o pescoço delgado. Uma verde folha de trevo brilhava. A outra orelha permanecia escura na noite.

Windisch perguntou timidamente pelo outro brinco. Barbara olhou para Windisch. "Onde eu poderia achá-lo?", perguntou. "A aranha levou-o para a guerra. As aranhas comem ouro."

Depois da guerra Barbara foi atrás da aranha. Na Rússia, após derreter pela segunda vez, a neve levou-a consigo.

A folha de alface

Amalie chupa um osso de galinha. A alface crepita na boca. A mulher de Windisch segura uma asa de galinha diante da boca. "Ele bebeu toda a garrafa", disse. Faz barulho ao morder a pele amarela: "De desgosto".

Amalie pega uma folha de alface com os dentes do garfo. Segura a folha diante da boca. A folha treme à sua voz. "Com sua farinha você não vai longe", diz. Como uma lagarta, sua boca morde decidida a folha de alface.

"Os homens têm de beber porque sofrem", diz sorrindo a mulher de Windisch. A sombra nas pálpebras de Amalie enruga-se azulada acima dos cílios. "E sofrem porque bebem", diz com um risinho. Olha através de uma folha de alface.

O chupão no pescoço está mudado. Adquiriu um tom azul e se move quando ela engole.

A mulher de Windisch suga as pequenas vértebras brancas. Engole a escassa carne do pescoço da galinha. "Quando você se casar, fique de olho aberto", diz. "A bebida é uma doença ruim." Amalie chupa as pontas vermelhas dos dedos. "Nada sadia", diz.

Windisch olha para a aranha escura. "Prostituir-se é mais sadio", diz.

A mulher de Windisch bate com a mão na mesa.

A sopa de capim

A mulher de Windisch passou cinco anos na Rússia. Dormia numa barraca com camas de ferro. Podia-se ouvir o ruído dos piolhos na borda da cama. Sua cabeça foi raspada. O rosto empalideceu. A pele da cabeça ficou vermelha de tanta ferida.

Sobre os montes havia uma cordilheira de nuvens e nevasca. O gelo ardia no caminhão. Nem todos desciam quando chegavam à mina. Toda manhã homens e mulheres permaneciam sentados nos bancos. Permaneciam sentados e de olhos abertos. Deixavam todos os outros passar. Estavam enregelados. Estavam sentados no além.

A galeria era preta. A pá era fria. O carvão era pesado.

Quando a neve derreteu pela primeira vez, um capim fininho e pontudo cresceu nos buracos que se formavam nas pedras de gelo. Katharina trocou seu casaco por dez fatias de pão. Seu estômago era um ouriço. Katharina colhia todos os dias um maço de capim. A sopa de capim era quente e saborosa. O ouriço recolhia seus espinhos por algumas horas.

Então veio a segunda neve. Katharina tinha um cobertor de

lã. Era seu sobretudo durante o dia. O ouriço pôs os espinhos para fora.

Quando escurecia Katharina guiava-se pela luz da neve. Curvava-se. Rastejava à sombra do guarda. Katharina ia para a cama de um homem. Era um cozinheiro. Chamava-a Kähte. Aquecia-a e dava-lhe batatas. Elas eram tenras e doces. O ouriço recolhia seus espinhos por algumas horas.

Quando a neve derreteu pela segunda vez, a sopa de capim começou a medrar sob os sapatos. Katharina trocou seu cobertor de lã por dez fatias de pão. O ouriço recolhia seus espinhos por algumas horas.

Então veio a terceira neve. O colete de pele era o sobretudo de Katharina.

Quando o cozinheiro morreu, a luz da neve levou-a a outra barraca. Katharina rastejava à sombra de outro guarda. Ia para a cama de um homem. Era um médico. Chamava-a Katjuscha. Aquecia-a e certa vez deu-lhe um pedaço de papel branco. Era uma doença. Katharina não deveria ir à mina por três dias.

Quando a neve derreteu pela terceira vez, Katharina trocou o colete de pele por uma xícara de açúcar. Katharina comia pão úmido e espalhava açúcar por cima. O ouriço recolheu os espinhos por alguns dias.

Então veio a quarta neve. As meias de lã cor de cinza eram seu sobretudo.

Quando o médico morreu, a luz da neve passou a incidir sobre o pátio do acampamento. Katharina passava rastejando pelo cão que dormia. Ia para a cama de ferro de um homem. Era um coveiro. Ele enterrava também os russos do vilarejo. Chamava-a Katja. Aquecia-a. Trazia-lhe carne dos banquetes fúnebres do vilarejo.

Quando a neve derreteu pela quarta vez, Katharina trocou as meias de lã cor de cinza por uma tigela de farinha de milho.

O mingau de milho era quente. Rendia. O ouriço recolheu os espinhos por alguns dias.

Então veio a quinta neve. O vestido de pano marrom era o sobretudo de Katharina.

Quando o coveiro morreu, Katharina vestiu o sobretudo dele. Rastejou pela neve atravessando a cerca. Foi ter com uma velha russa no vilarejo. A velha vivia sozinha. O coveiro havia enterrado seu marido. A velha russa reconheceu o sobretudo de Katharina. Era o sobretudo do marido. Katharina aquecia-se em sua casa. Ordenhava as cabras. A russa chamava-a Dewotschka. Dava-lhe leite.

Quando a neve derreteu pela quinta vez, tirsos amarelos cresceram em meio à relva.

Na sopa de capim boiava um pó amarelo. Era doce.

Numa tarde carros verdes entraram no acampamento. Esmagaram a relva. Katharina estava sentada numa pedra em frente à barraca. Observou o traçado enlameado dos pneus. Observou os guardas desconhecidos.

As mulheres subiram nos carros verdes. O traçado enlameado não seguiu o caminho da mina. Os carros verdes estacionaram diante da pequena estação ferroviária.

Katharina subiu no trem. Chorou de alegria.

Ainda havia restos de sopa de capim nas mãos de Katharina quando ela soube que o trem a levava para casa.

A gaivota

A mulher de Windisch liga o televisor. A cantora apoia-se na balaustrada defronte ao mar. A barra do vestido agita-se. A barra rendada da combinação desce até os joelhos.

Uma gaivota voa sobre as águas. Voa rente à borda da tela. A ponta da asa bate na sala.

"Nunca estive no mar", diz a mulher de Windisch. "Se o mar não fosse tão distante, as gaivotas viriam ao vilarejo." A gaivota precipita-se no mar. Apanha um peixe.

A cantora sorri. Tem uma cara de gaivota. Fecha e abre os olhos tantas vezes quantas abre e fecha a boca. Entoa uma canção sobre as moças da Romênia. Seu cabelo deseja tornar-se água. Forma pequenos cachos nas têmporas.

"As moças da Romênia", canta, "são ternas como as flores de maio nos prados." As mãos apontam para o mar. O mato coberto de areia agita-se à beira-mar.

Um homem nada no mar. Nada seguindo suas mãos. Vai longe. Está só, e o céu acaba. A cabeça segue à deriva. As ondas são escuras. A gaivota é branca.

O rosto da cantora é suave. O vento expõe a barra rendada da combinação.

A mulher de Windisch está de pé em frente à tela. Com a ponta do dedo assinala o joelho da cantora. "A renda é bonita", diz, "certamente não é romena."

Amalie posta-se diante da tela. "O vestido de renda da bailarina do vaso é igualzinho."

A mulher de Windisch põe biscoitos na mesa. A tigela de ferro está embaixo da mesa. O gato bebe-lhe a sopa vomitada.

A cantora sorri. Fecha a boca. Por trás da canção o mar se quebra na encosta. "Seu pai vai lhe dar dinheiro para o jarro", diz a mulher de Windisch.

"Não", diz Amalie, "juntei dinheiro. Eu mesma compro."

A jovem coruja

Faz uma semana que a jovem coruja desceu ao vale. As pessoas veem-na todas as noites quando voltam da cidade. Um pálido entardecer envolve os trilhos da ferrovia. Grãos de um milho preto e estranho rodopiam em volta do trem. A jovem coruja se posta sobre os cardos murchos como se fossem flocos de neve.

Os passageiros descem na estação. Estão calados. Faz uma semana que o trem não apita. Agarram-se a suas bolsas. Fazem o caminho de casa. Quando encontram outras pessoas no caminho de casa, dizem: "Este é o último descanso. Amanhã a jovem coruja vem para cá e traz a morte de volta".

O padre manda o acólito subir à torre da igreja. O sino retine. Ao descer, o acólito está lívido. "Não fui eu quem puxou a corda do sino. Foi o sino que me puxou", diz. "Se não me tivesse agarrado ao parapeito, há muito eu teria sido arremessado lá de cima."

A jovem coruja assustou-se com o soar do sino. Voou de volta para o campo. Voou para o sul. Desceu o Danúbio. Voou para as corredeiras onde estão os soldados. No sul a planície é quente e desarborizada. Queima. A jovem coruja acende os olhos nas rubras roseiras-bravas. Com as asas postas sobre o arame farpado, acalenta o desejo de uma morte.

Os soldados estão deitados na pálida manhã. Espalham-se por entre as moitas. Fazem manobras. Têm as mãos, os olhos e a cabeça na guerra.

O oficial grita a ordem.

Um soldado vê a jovem coruja no mato. Põe a metralhadora na relva. Levanta-se. A bala voa. Encontra o alvo.

O morto é o filho do alfaiate. O morto é Dietmar.

O padre diz: "A coruja pousou às margens do Danúbio e pensou em nosso vilarejo".

Windisch olha para a bicicleta. Trouxe, do vilarejo para casa, a notícia da bala. "Agora é de novo como na guerra", diz.

A mulher de Windisch ergue as sobrancelhas. "A coruja não tem nada com isso", diz. "Foi um acidente." Arranca uma folha da macieira. Mede Windisch da cabeça aos pés. Contempla longamente o bolso de cima do casaco, onde pulsa o coração.

Windisch sente a brasa arder-lhe na boca. "Você é burra", grita. "Sua inteligência é do tamanho de um grão de arroz", grita. "Da cabeça não chega sequer à boca." A mulher de Windisch chora e esmaga a folha amarela.

Windisch sente o grão de areia pressionar-lhe a fronte. "Chora por si mesma", pensa. "Não pelo morto. As mulheres sempre choram apenas por elas mesmas."

A cozinha de verão

O guarda-noturno dorme no banco diante do moinho. O chapéu preto torna-lhe o sono aveludado e pesado. Sua testa é um traço pálido. "Está de novo com o sapo na cabeça", pensa Windisch. Vê em sua face o tempo paralisado.

O guarda-noturno fala enquanto sonha. Contrai as pernas. O cachorro late. O guarda-noturno desperta. Assustado, tira o chapéu. A testa está molhada. "Ela vai me matar", diz. Sua voz é profunda. Retorna ao sonho.

"Minha mulher deitou-se nua e curvada na tábua de abrir macarrão", diz o guarda-noturno. "Seu corpo não era maior que o corpo de uma criança. Da tábua de estender macarrão pingava um sumo amarelo. O piso estava molhado. Em torno da mesa sentavam-se velhas senhoras. Estavam trajadas de preto. As tranças do cabelo delas estavam desgrenhadas. Havia muito não se penteavam. A esquálida Wilma era tão pequena quanto minha mulher. Segurava uma luva preta na mão. Seus pés não alcançavam o chão. Olhou para fora, pela janela. Aí a luva caiu-lhe da mão. A esquálida Wilma olhou embaixo da cadeira. A luva não estava embaixo da cadeira. Não havia nada no chão. O chão estava tão abaixo de seus pés que ela chorou. Contraiu a cara enrugada e disse: 'É uma vergonha deixar os mortos na cozinha de verão'. Eu disse não saber que tínhamos uma cozinha de verão. Minha mulher ergueu a cabeça da tábua de estender macarrão e sorriu. A esquálida Wilma olhou para ela. 'Não se aborreça', disse para minha mulher. E então para mim: 'Ela goteja e fede'."

A boca do guarda-noturno está aberta. Lágrimas escorrem-lhe pela face.

Windisch põe-lhe a mão no ombro. "Assim você fica louco", diz. Em seu bolso ouve-se o ruído das chaves.

Windisch empurra a porta do moinho com a ponta do sapato.

O guarda-noturno olha para dentro do chapéu preto. Windisch empurra a bicicleta até o banco. "Vou receber o passaporte", diz.

A guarda de honra

O policial está no pátio da casa do alfaiate. Serve aguardente aos oficiais. Serve aguardente aos soldados que trouxeram o caixão para casa. Windisch vê-lhe as dragonas com as estrelas.

O guarda-noturno inclina a cabeça para Windisch. "O policial está feliz", diz, "por ter companhia."

O prefeito está de pé sob a copa da ameixeira amarela. Transpira. Olha para uma folha de papel. Windisch diz: "Não consegue decifrar a letra, pois foi a professora da escola que escreveu o discurso fúnebre". "Amanhã à noite ele quer dois sacos de farinha", diz o guarda-noturno. Cheira a aguardente.

O padre chega ao pátio. Arrasta a barra da batina preta no chão. Os oficiais logo se calam. O policial põe a garrafa de aguardente atrás da árvore.

O caixão é de metal. O caixão está lacrado. Reluz no pátio como uma gigantesca lata de tabaco. A guarda de honra tira o caixão do pátio para levá-lo ao cemitério, segue em passo uniforme, com as botas marchando ao ritmo da banda.

A carroça põe-se em marcha portando uma bandeira vermelha.

Os chapéus pretos dos homens andam ligeiros. Os lenços de cabeça pretos das mulheres andam num ritmo mais lento e seguem atrás. Seguem cambaleantes, contando as contas pretas dos rosários. O cocheiro da carroça fúnebre vai a pé. Fala alto.

A guarda de honra balança no carro. De pé, agarra-se aos fuzis quando o carro passa pelos buracos. Ela está bem acima do chão e bem acima do caixão.

A terra sobre a cova da velha Kroner ainda está preta e alta. "A terra ainda não se assentou porque não chove", diz a esquálida Wilma. Os amontoados de hortênsias tornaram-se mero debulho.

A carteira põe-se ao lado de Windisch. "Que bom seria", diz, "se os jovens também viessem aos enterros. Há anos é assim", diz. "Quando morre alguém no vilarejo, os jovens não comparecem." Uma lágrima cai-lhe na mão. "No domingo de manhã Amalie deve ir à audiência", diz.

A mulher que conduz a reza canta no ouvido do padre. O incenso amassa-lhe a boca. Canta tão rígida e devota que o branco dos olhos cresce e se espalha indolente por sobre as pupilas.

A carteira soluça. Toma Windisch pelo braço. "E dois sacos de farinha", diz.

O sino badala até machucar a língua. Tiros de honra fazem-se ouvir sobre os túmulos. A terra cai em pesados torrões sobre o metal do caixão.

A mulher que conduz a reza detém-se ao pé da cruz do herói. Com o canto dos olhos procura um lugar para se acomodar. Olha para Windisch. Tosse. Windisch ouve-lhe o catarro desmanchar-se na garganta vazia de tanto cantar.

"Amalie deve procurar o padre no sábado à tarde", diz, "para que ele procure a certidão de batismo nos arquivos."

A mulher de Windisch termina a reza. Dá dois passos adiante. Põe-se cara a cara com a mulher que conduz a reza. "A busca da certidão não há de ser tão urgente", diz. "É muito urgente", diz a mulher. "O policial disse ao padre que os passaportes de vocês já se encontram no órgão emissor."

A mulher de Windisch aperta o lenço. "No sábado Amalie vai trazer um jarro", diz. "Ele é frágil. Ela não pode ir direto da estação até o padre", diz Windisch.

A mulher que conduz a reza remexe a areia com a ponta do sapato. "Que vá então para casa e procure o padre mais tarde", diz. "Os dias ainda são longos."

Ciganos trazem sorte

O armário da cozinha está vazio. A mulher de Windisch bate as portas. A pequena cigana do vilarejo vizinho está descalça no meio da cozinha, no lugar onde ficava a mesa. Enfia as panelas no saco fundo. Desata o nó do lenço de mão. Dá vinte e cinco *lei* à mulher de Windisch. "Só tenho isso", diz. A fita vermelha sai-lhe pela ponta da trança. "Me dê outro vestido", diz. "Os ciganos trazem sorte."

A mulher de Windisch dá a ela o vestido vermelho de Amalie. "Agora vá", diz. A pequena cigana aponta para a chaleira. "A chaleira também", diz. "Eu lhe trago sorte."

A mulher do estábulo com o lenço de cabeça azul atravessa o portão empurrando o carrinho de mão com as tábuas da cama. Atou os velhos travesseiros às costas.

Windisch mostra o televisor ao homem com o pequeno chapéu. Liga o aparelho. A tela sussurra. O homem leva o televisor para fora. Coloca-o sobre a mesa da varanda. Windisch apanha-lhe as notas de dinheiro.

Diante da casa há uma carroça puxada a cavalo. Um homem e uma mulher que trabalha no estábulo estão diante da mancha branca, no lugar onde ficava a cama. Observam o armário e a penteadeira. "O espelho está quebrado", diz a mulher de Windisch. A mulher do estábulo ergue uma cadeira e examina o assento por baixo. O homem bate com os dedos no tampo da mesa. "A madeira é boa", diz Windisch. Não se vendem mais móveis assim.

A sala está vazia. A carroça segue com o armário rua afora. As pernas das cadeiras estão ao lado do armário. Chacoalham e fazem barulho, como as rodas. A penteadeira e a mesa da sala estão no gramado diante da casa. A mulher do estábulo está sentada na grama e olha para a carroça.

A carteira embrulha as cortinas num jornal. Olha para a geladeira. "Foi vendida", diz a mulher de Windisch. À noitinha o tratorista vem buscá-la."

As galinhas jazem com a cabeça na areia. Os pés estão amarrados. A esquálida Wilma mete-as no cesto de vime. "O galo ficou cego", diz a mulher de Windisch. "Tive de sacrificá-lo." A esquálida Wilma conta o dinheiro. A mulher de Windisch estende a mão para apanhá-lo.

O alfaiate traz uma fita preta na ponta do colarinho. Enrola os tapetes. A mulher de Windisch olha para as mãos dele. "Não se pode fugir ao destino", suspira.

Pela janela Amalie contempla a macieira. "Não entendo", diz o alfaiate. "Ele nunca fez nada de mal."

Amalie sente o choro na garganta. Encosta-se na guarnição da janela. Põe a cara para fora da janela. Ouve o tiro.

Windisch está com o guarda-noturno no pátio. "O vilarejo tem um novo moleiro", diz o guarda-noturno. "Um valáquio de chapéu pequeno que veio de uma região que tem moinhos d' água." O guarda-noturno enfia camisas, casacos e calças no bagageiro da bicicleta. Põe a mão no bolso. "Eu disse que lhe dou de presente", diz Windisch.

A mulher de Windisch ajeita o avental. "Pegue", diz, "ele lhe dá de bom grado. Ainda há um monte de roupas velhas para os ciganos." Põe a mão no rosto. "Ciganos trazem sorte", diz.

O aprisco

O novo moleiro está na varanda. "O prefeito me mandou para cá", diz. "Vou morar aqui."

O pequeno chapéu inclina-se para o lado. O colete de pele é novo. Olha para a mesa da varanda. "Posso precisar dela", diz. Anda pela casa. Windisch segue atrás. A mulher de Windisch segue o marido descalça.

O novo moleiro olha para a porta do vestíbulo. Gira a maçaneta. Observa as paredes e o teto do vestíbulo. Bate na porta da sala. "A porta é velha", diz. Encosta-se no umbral e olha para a sala vazia. "Disseram-me que a casa estava mobiliada", diz. "Como mobiliada?", pergunta Windisch. "Vendi os móveis."

A mulher de Windisch sai do vestíbulo, com passos pesados. Windisch sente as têmporas.

O novo moleiro examina as paredes e o teto da sala. Abre e fecha a janela. Pressiona com a ponta do sapato as tábuas do piso. "Nesse caso vou telefonar para minha mulher", diz o moleiro. "Ela terá de trazer os móveis."

O moleiro vai até o pátio. Contempla as cercas. Vê os porcos pintados do vizinho. "Tenho dez porcos e vinte e cinco ovelhas", diz. "Onde fica o aprisco?"

Windisch contempla as folhas amarelas na areia. "Nunca tivemos ovelhas", diz. A mulher de Windisch vai ao pátio com a vassoura. "Alemães não criam ovelhas", diz. Ouve-se o ruído da vassoura a varrer o chão.

"O celeiro dará uma boa garagem", diz o moleiro. "Vou arrumar umas tábuas e construir um aprisco."

O moleiro cumprimenta Windisch com um aperto de mão. "O moinho é bonito", diz.

A mulher de Windisch faz um grande círculo de ondas na areia.

O crucifixo de prata

Amalie está sentada no chão. As taças de vinho estão enfileiradas de acordo com o tamanho. Os copos de aguardente reluzem. As flores leitosas no bojo da fruteira estão paralisadas. Os vasos de planta estão junto à parede da sala. No canto da sala está o jarro.

Amalie tem à mão a pequena caixa com a lágrima.

Amalie ouve nas têmporas a voz do alfaiate: "Ele nunca fez nada de mal". Um pedaço de brasa arde na fronte de Amalie.

Amalie sente a boca do policial no pescoço. Seu bafo é de aguardente. Aperta os joelhos dela com as mãos. Ergue-lhe o vestido. "*Ce dulce esti*",* diz o policial. Seu chapéu está junto dos sapatos. Os botões do casaco brilham.

O policial desabotoa o casaco. "Tire a roupa", diz. Ele porta um crucifixo de prata sob o casaco. O padre despe a batina preta. Afasta uma mexa de cabelo do rosto de Amalie. "Limpe o

---

* Em romeno: "Como você é doce". (N. T.)

batom dos lábios", diz. O policial beija os ombros de Amalie. O crucifixo de prata vem-lhe à boca. O padre acaricia as coxas de Amalie. "Tire a combinação", diz.

Pela porta aberta Amalie vê o altar. Em meio às rosas vê-se um telefone preto. O crucifixo de prata está pendurado entre os seios de Amalie. As mãos do policial apertam os seios de Amalie. "Você tem belas maçãs", diz o padre. A boca dele está molhada. O cabelo de Amalie cai pela beira da cama. Sob a cadeira estão as sandálias brancas. O policial sussurra: "Você cheira bem". As mãos do padre são brancas. O vestido vermelho brilha na guarda da cama de ferro. Em meio às rosas toca o telefone preto. "Agora não tenho tempo", suspira o policial. As coxas do padre são pesadas. "Cruze as pernas sobre as minhas costas", sussurra. O crucifixo de prata aperta o ombro de Amalie. A testa do policial está molhada. "Vire-se", diz. A batina preta está pendurada num prego comprido atrás da porta. O nariz do padre está frio. "Meu anjinho", diz ofegante.

Amalie sente os saltos das sandálias no ventre. A brasa da fronte arde nos olhos. A língua de Amalie pesa na boca. O crucifixo de prata rebrilha na vidraça da janela. Há uma sombra na macieira. É negra e revolta. A sombra é um túmulo.

Windisch está à porta da sala. "Ficou muda?", pergunta. Passa para Amalie a mala grande. Amalie vira o rosto para a porta. As faces estão molhadas. "Eu entendo", diz Windisch. "Despedidas são dolorosas." Ele fica muito grande na sala vazia. "Agora é de novo como no tempo da guerra", diz. "Saímos e não sabemos se e como vamos voltar."

Amalie enche a lágrima mais uma vez. "Com a água da fonte ela não fica tão cheia", diz. A mulher de Windisch põe os pratos na mala. Pega a lágrima na mão. As maçãs do rosto estão flácidas e os lábios, úmidos. "Não devíamos acreditar nessas coisas", diz.

Windisch sente a voz dela na cabeça. Joga o sobretudo na mala. "Estou farto da lágrima", grita, "não quero vê-la de novo." Abaixa a cabeça. E acrescenta baixinho: "Tudo o que ela faz é entristecer as pessoas".

A mulher de Windisch enfia os talheres em meio aos pratos. "Disso ela é capaz", diz. Windisch observa o dedo que, molhado de muco, ela havia tirado dos pelos. Olha para a própria foto no passaporte. Balança a cabeça. "É um passo difícil", diz.

Os cristais de Amalie reluzem na mala. As manchas brancas crescem na parede da sala. O chão está frio. A lâmpada elétrica lança longos raios sobre as malas.

Windisch põe os passaportes no bolso do casaco. "Quem sabe o que vai ser de nós?", suspira a mulher de Windisch. Windisch contempla os raios perfurantes da lâmpada. Amalie e a mulher de Windisch fecham as malas.

O permanente

Na cerca chia uma bicicleta de madeira. Lá no alto, no céu, paira sossegadamente uma bicicleta de nuvens brancas. Em torno desse amontoado branco as nuvens são água. As nuvens são cinzentas e vazias como um açude. Em torno do açude há apenas montanhas silentes. Montanhas cinzentas repletas da saudade de casa.

Windisch carrega duas malas grandes e a mulher de Windisch carrega duas malas grandes. A cabeça dela adianta-se muito ligeira. A cabeça é muito pequena. As pedras das maçãs do rosto perderam-se na escuridão. A mulher de Windisch cortou a trança do cabelo. Fez um permanente no cabelo curto. A boca é dura e apertada por causa da nova dentadura. Ela fala alto.

Do cabelo de Amalie desprende-se uma mecha que voa do jardim da igreja até o buxeiro. A mecha volta-lhe à orelha.

A terra da valeta está rachada e cinzenta. O choupo ergue-se feito uma vassoura no céu.

Jesus dorme na cruz ao lado da porta da igreja. Quando

acordar, estará velho. O ar do vilarejo será então mais límpido que sua pele nua.

No correio o cadeado fecha a corrente. A chave está na casa da carteira. A chave abre o cadeado. Abre o colchão para as audiências.

Amalie carrega a pesada mala com os cristais. Traz uma bolsa a tiracolo. A caixa com a lágrima está lá dentro. Na outra mão Amalie carrega o jarro e a bailarina.

O vilarejo é pequeno. Há pessoas percorrendo as ruas marginais. Estão distantes. Afastam-se. O milharal é uma parede negra no fim das ruas.

Na base do edifício da estação Windisch vê a espessa e cinzenta névoa do tempo parado. Uma manta de leite cobre os trilhos. Bate nos calcanhares. Sobre a manta estende-se uma pele hialina. O tempo parado encasula as malas. Puxa pelos braços. Windisch arrasta os pés sobre o balastro. Desaba.

As escadas do vagão são altas. Erguendo as pernas, Windisch tira os sapatos da manta de leite.

Com o lenço de mão a mulher de Windisch limpa o pó dos bancos. Amalie segura o vaso sobre as pernas. Windisch põe a cara no vidro da janela. Na parede da cabine há uma fotografia do Mar Negro. A água está parada. A fotografia balança. Viaja junto.

"Vou ficar enjoado no avião", diz Windisch. "Sei disso dos tempos da guerra." A mulher de Windisch ri. A nova dentadura faz claque-claque.

O paletó de Windisch está apertado. As mangas são curtas. "O alfaiate errou no tamanho do paletó", diz a mulher de Windisch. "Um tecido tão caro e já perdido."

Durante a viagem Windisch sente a cabeça encher-se lentamente de areia. A cabeça está pesada. Os olhos desabam sonolentos. As mãos tremem. As pernas contraem-se e permanecem despertas. Pela janela Windisch vê um mato extenso e ferrugento. "Desde que a coruja lhe arrebatou o filho, o alfaiate não consegue pensar direito", diz Windisch. A mulher de Windisch apoia o queixo na mão.

A cabeça de Amalie inclina-se para o lado. O cabelo encobre-lhe as feições. Dorme. "Ela consegue dormir", diz a mulher de Windisch.

"Depois que cortei a trança não sei o que fazer com a cabeça." O novo vestido de gola bordada rebrilha em seu tom verde-água.

O trem faz barulho ao passar pela ponte de ferro. Na parede da cabine o mar balança sobre o rio. No rio há pouca água e muita areia.

Windisch contempla o bater de asas dos passarinhos. Eles voam em bandos dispersos. Seguindo a várzea do rio, estão à procura de florestas onde só há mata rala e areia e água.

O trem anda devagar porque os trilhos estão se unindo, porque a cidade se aproxima. À sua entrada há ferro velho. Avistam-se então pequenas casas com jardins que não passam de um emaranhado de plantas. Windisch observa uma porção de trilhos que se juntam. Na confusão dos trilhos, contempla trens estranhos.

Na frente do vestido verde vê-se o crucifixo de ouro preso pela corrente. O crucifixo está envolto pelo verde profuso.

A mulher de Windisch move o braço. O crucifixo oscila na corrente. O trem anda rápido. Encontrou um caminho livre em meio aos trens desconhecidos.

A mulher de Windisch levanta-se. Os olhos miram de modo fixo e decidido. Vê a estação. Sob o permanente, dentro do crânio, a mulher de Windisch já ordenou seu novo mundo, para o qual carrega suas grandes malas. Os lábios são como a cinza fria. "Se Deus quiser, voltamos para uma visita no próximo verão", diz.

A calçada está toda rachada. As poças engoliram a água. Windisch tranca o carro. Sobre o carro brilha um círculo prateado. Ele é provido de três hastes que lembram três dedos. No capô do motor há uma porção de moscas mortas. O para-brisa tem cocô de passarinho. Atrás, no porta-malas, lê-se a inscrição "diesel". Ouve-se o ruído de uma carroça. Os cavalos são ossudos. A carroça é só poeira. O cocheiro é desconhecido. Tem grandes orelhas sob o pequeno chapéu.

Windisch e a mulher de Windisch andam num único fardo de pano. Ele veste um paletó cinza. Ela traja um vestido cinza do mesmo tecido.

A mulher de Windisch calça sapatos pretos de salto alto.

Na valeta Windisch sente a terra rachada sob o sapato. Veias azuis dissipam-se nas pálidas panturrilhas da mulher de Windisch.

A mulher de Windisch contempla os telhados rubros e inclinados. "Parece que nunca estivemos aqui." Diz isso como se os telhados inclinados fossem pedregulhos sob os sapatos. Uma árvore projeta-lhe a sombra na face. As maçãs do rosto são de pedra. A sombra retorna à árvore. Deixa rugas no queixo da mulher. O crucifixo de ouro rebrilha. O sol captura-o. O sol lança suas chamas sobre o crucifixo.

A carteira está ao lado da sebe de buxos. Sua bolsa laqueada tem um rasgo. A carteira oferece a face para o beijo. A mulher de Windisch dá-lhe uma barra de chocolate Ritter-Sport. O papel azul-celeste é vistoso. A carteira põe o dedo na borda dourada.

A mulher de Windisch movimenta as pedras das maçãs do rosto. O guarda-noturno vem ao encontro de Windisch. Ergue o chapéu preto. Windisch observa-lhe a camisa e o casaco. O vento traz um borrão de sombra ao queixo da mulher de Windisch. Ela vira a cabeça. O borrão de sombra cai sobre o casaquinho do tailleur. A mulher de Windisch traz o borrão de sombra como um coração morto ao lado da gola.

"Arrumei uma mulher", diz o guarda-noturno. "Trabalha na ordenha dos estábulos do vale."

A mulher de Windisch vê a mulher do estábulo com o lenço de cabeça azul, de pé, diante da taberna, ao lado da bicicleta de Windisch. "Eu a conheço", diz a mulher de Windisch, "comprou nossa cama."

A mulher do estábulo contempla a praça da igreja do outro lado da rua. Come uma maçã e espera.

"Então você desistiu de emigrar?", pergunta Windisch. O guarda-noturno aperta o chapéu na mão. Olha para a taberna. "Vou ficar", diz.

Windisch vê uma estria de sujeira na camisa do guarda-noturno. No pescoço do guarda-noturno pulsa uma artéria no tempo parado. "Minha mulher me espera", diz. Aponta para a taberna.

O alfaiate tira o chapéu diante do monumento ao soldado. Ao caminhar, olha para a ponta dos sapatos. Para à porta da igreja, ao lado da esquálida Wilma.

O guarda-noturno leva a boca ao ouvido de Windisch. "Há uma coruja jovem no vilarejo", diz. "Ela sabe das coisas. Por causa dela a esquálida Wilma adoeceu." O guarda-noturno ri. "A esquálida Wilma é esperta", diz. "Tratou de enxotar a coruja." Olha para a taberna. "Vou indo", diz.

Uma borboleta-da-couve esvoaça diante da cabeça do alfaiate. As faces do alfaiate estão pálidas. Parecem uma cortina sob os olhos.

A borboleta-da-couve voa através de uma das faces do alfaiate. O alfaiate baixa a cabeça. A borboleta-da-couve voa branca e incólume, afastando-se da nuca do alfaiate. A esquálida Wilma abana o lenço de mão. A borboleta-da-couve atravessa-lhe a têmpora e voa para dentro da cabeça.

O guarda-noturno caminha sob a copa das árvores. Empurra a velha bicicleta de Windisch. O círculo prateado do carro tilinta no bolso do casaco do guarda-noturno. A mulher do estábulo caminha descalça pela relva, ao lado da bicicleta. O lenço de cabeça azul é um borrão de água. As folhas flutuam nele.

A mulher que conduz a reza passa lentamente pela porta da igreja trazendo consigo o grosso hinário. Porta o livro de Santo Antônio.

Bate o sino da igreja. A mulher de Windisch está à porta da igreja. No ambiente escuro o órgão zune através dos cabelos de Windisch. Ao lado da mulher Windisch caminha no chão liso, passando pelo corredor formado entre os bancos. O salto dos sapatos dela faz barulho. Windisch junta as mãos e cruza os dedos. Windisch pendura-se no crucifixo dourado da mulher. Em sua face pendura-se uma lágrima de vidro.

Os olhos da esquálida Wilma procuram por Windisch. A esquálida Wilma reclina a cabeça. "Ele veste um casaco do exército alemão", diz para o alfaiate. "Eles vêm para a comunhão sem ter se confessado."

ESTA OBRA FOI COMPOSTA EM ELECTRA PELO ESTÚDIO O.L.M. / FLAVIO PERALTA
E IMPRESSA EM OFSETE PELA GRÁFICA BARTIRA SOBRE PAPEL PÓLEN BOLD DA
SUZANO PAPEL E CELULOSE PARA A EDITORA SCHWARCZ EM JANEIRO DE 2013